ふしぎ猫ナズレの冒険クルーズ

作　井上夕香
絵　鈴木良治

てらいんく

ふしぎ猫ナズレの冒険クルーズ

もくじ

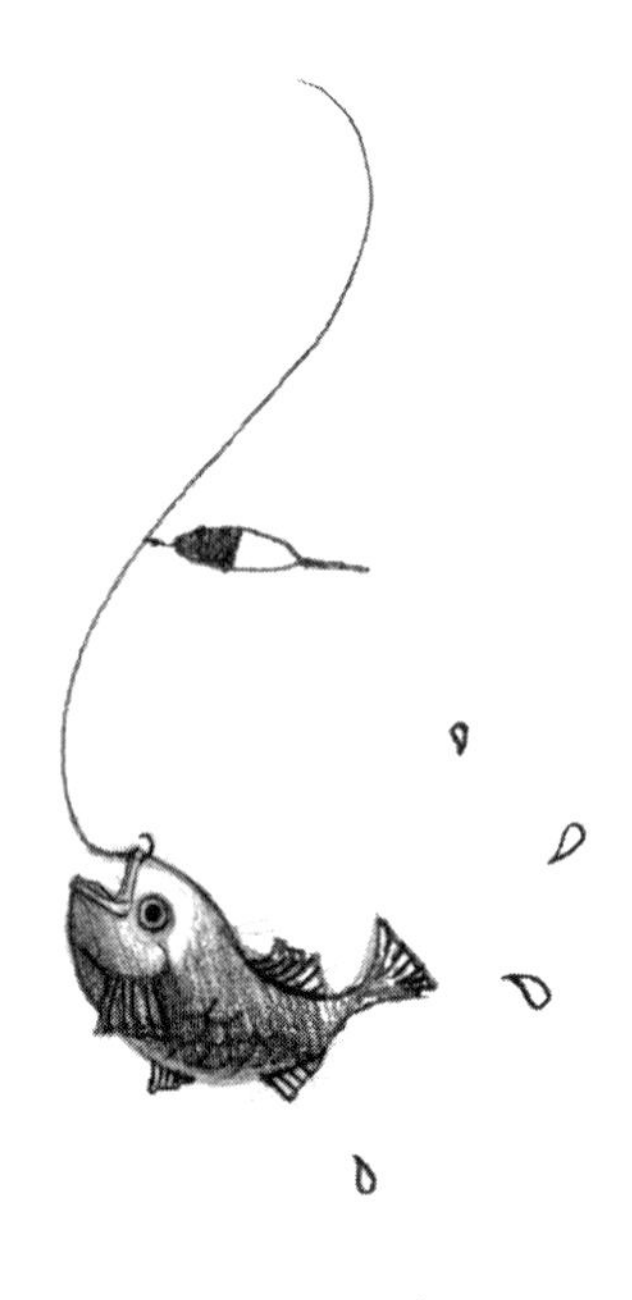

OTAKANA

1　アルベロベッロのトゥルッリ

ナズレの故郷は、南イタリアにある小さな街です。

青い空に太陽がまぶしいその街の名は「アルベロベッロ」。

そこには、トゥルッリと呼ばれるとんがりぼうしの不思議な家々が並んでいます。

白いぼうしをかぶった灰色の石灰岩をつんだだけの簡単なつくりのトゥルッリ……。

小人の家みたいにかわいいこのトゥルッリに、プッチロじいさんと、妻のマリアが暮らしていました。

プッチロじいさんの大好物は、ワインとオリーブです。朝から晩まで、グラスを片手に、グビリグビリ……。塩づけのオリーブと、マリアがつくるチーズをサカナにごきげんな毎日でした。

ある日、マリアが思いつきました。

「ねえ、プッチロ。あんたはワインについてはかなりの専門家なんだから、飲んではかりいないでワインを売るお店をひらかない？　手製のチーズやオリーブも置けば、きっとお店も繁盛するよ」

プッチロじいさんやマリアが若いころには、アルベロベッロは、太陽が照るだけのただの田舎町でしたが、トゥルッリが立ち並ぶ家々が珍しがられて、今ではたくさんの観光客が訪れるようになりました。

観光客が訪れるにぎやかな路地の両側には、新しく建てられたトゥルッリのおみやげ店がずらりと並んでいます。

地元でとれる赤ワインやチーズが、手編みのレースや人形などといっしょに観光客の目をひきつけます。

プッチロじいさんは、口ひげからしたたりおちる赤ワインをシャツの袖でぬぐいながらマリアに言いました。

「ほんとだね。ワインを安く仕入れて、観光客に高く売ればたしかにお金がもうかるだろう。おまえのつくるチーズも評判になる。しかしね、マリア……」

「またしかし？　あんたはいつだってあたしの考えにケチつけるんだから……」

マリアは怒って、ぬぎすてたエプロンをプッチロに投げつけました。

「いや、マリア。問題はおまえの考えじゃなくて、このボロ家だよ。しっくいはぼろぼろ。屋根は雨もり。こんな家ではお客が入るまい。おまけに近所にしゃれたレストランテ（イタリア語）もないし、まわりにあるのはオリーブ畑とヤギ小屋だけじゃないか」

「たしかにね、あんたの言うとおりだよ。こんなところによくも住んでられると思うよ。ホント！　この家ってボロなんだから！」

マリアは、こわれたフライパンや、ひんまがった火かき棒や、ひつじのにおいのしみこんだ野良着や、ほこりだらけの籐カゴや、干からびたへびの燻製がぶらさがった汚い壁を見回して、ため息をつきました。

「ああ、やだやだ。いっそ、こんな家ぶっこわれてくれりゃいいのに……」

マリアはかねがね、この手間ばかりかかって、見栄えのしないトゥルッリの家を建て替えたいと思っていました。なにしろ二人が住んでいるこの家は、いつの代に建てられたかわからないぐらい古いトゥルッリで、今にもこわれそうでした。

こわれるといえば……。そう。そのころつくられたトゥルッリの家々は、とてもこわれやすくつくられていたのです。

それには、こんなわけがありました。

昔々、この地方を治めていた領主は欲が深くておまけに意地悪で、自分の領地に人々が家を建てることを禁じていました。

そうはいっても家を建てずに暮らすことはできません。

そこで人々が禁をおかして家を建てると、管理をするお役人がやってきて高い税金をかけるという仕組みです。

見つかったが最後、高い税金をとられるので、アルベロベッロの人たちは、あることを考えつきました。

お役人が見回りにきたら、すぐにとりこわせる家を建てたのです。

ですからトゥルッリの家には、土台も骨組みもありません。

地元でとれる「キアンカレッレ」という石灰岩を、釘もセメントも使わずに、ただ円錐状に積みあげただけのとっても簡単なつくりの家なのです。もっとも壁の部分はしっくいでぬりかためてありましたけどね。

2　タント、タント

さて、このとんがりぼうしの不思議な家の屋根裏で、ピノとルチアとナズレという三匹の子猫がひっそりとうまれました。

と、いうのは、母さん猫が屋根裏に巣をつくっていることを、プッチロじいさんもマリアも知らなかったからです。

ピノとルチアは女の子。ナズレは男の子です。

ピノは茶色と白のおとなしい猫でした。

グレイの毛並みのルチアは、ちょっとおてんばでしたが、素直なかわいい猫でした。

ところがトラ猫のナズレときたら、赤ちゃんのときからいたずらっ子で、母さん猫を困らせました。

まだろくに歩けないのに、巣にしているカゴのふちに爪をたててどんどんよじのぼって、ころがり落ちては母さんを心配させました。

「だめ。下まで落ちたらプッチロじいさんやマリアに見つかって追い出されちゃうよ」

母さんは、その度に、ナズレを口にくわえてベッドに戻さなければなりませんでした。

母さん猫は、おっぱいを飲んでいるナズレに言ってきかせました。

「ナズレ。外に出るのはもっと大きくなってからよ」

「もっとって？　どのくらい」

「タント、タントになってからよ」

「タント、タントって？」

「そうね。じゃあ、教えてあげよう。みんな指をお出し！」

三匹の子猫たちは、手のひらをひろげて母さんに見せました。まだやわらかい肉球と四本の指が見えました。

母さん猫は、みんなに向かって言いました。

「こんどは、指を一本だけ出してごらん」

子猫たちは、ほかの指をひっこめたり出したりしながら、やっとのことで一本の指を出しました。

「そう。うまくできたね。それがタントよ。じゃ、こんどはみんなで窓をごらん！」

屋根裏部屋には、小さな天窓がありました。ちょうどそこからまるいお月さまが見えました。母さん猫は、お月さまが大きくなったり小さくなったり、ときには消えてしまうことを、知っていました。

大きいときには子猫の目のようにまんまるに輝いています。

小さいときには、母さん猫のひげぐらい細くなって、次の夜には消えてしまって空全体が真っ暗になってしまうのです。

お月さまが、まあるくなって、だんだんやせていって、最後に消えてしまう日までのことを、アルベロベッロの猫たちはタントと言っていました。
「いくつ？」と聞かれて、猫が指を一本つきだしたら、その猫の歳は一ヶ月です。四本指を出してみせたらその猫の歳は四ヶ月です。
さて、子猫たちはゆうべ、そろってタントになりました。そうなると、ピノやルチアもカゴによじのぼっては、ストン！ストン！と床にころげて、元気よく床を走りまわるようになりました。おすもうや、レスリングにも夢中です。

ある日、留守番をしていたプッチロじいさんが、屋根裏の物音に気がつきました。

「ネズミかな？」

ハシゴをかけて、屋根裏をのぞいたじいさんは、

「ははん、どうりで！」とうなずきました。

屋根裏の壁板の向こうの小さなすきまに、赤ちゃん猫が三匹、かわいいお腹を丸出しにして寝ていたからです。

「まずい！　親猫が帰る前に捨ててしまおう、マリアが知ったらうるさいからな」

プッチロじいさんは、帽子をぬいで、子猫たちを押し込めました。ハシゴを下りはじめると、子猫たちが「ミャー、ミャー！」とやかましく鳴きたてました。プッチロじいさんの気持ちが、急に変わりました。

「わかったよ。しばらくこのままにしておこう。でも、大きくなったら追い出すからな」

それからまた、お月さまがまるくなって、三日月になって、そして消えました。

「いくつ？」

と聞くと猫たちは、二本指をだして見せるようになりました。

それでもピノとルチアは、母さん猫から教えられたとおり、屋根裏から出ないようにして遊んでいました。

でもナズレは違いました。プッチロじいさんが置き忘れたハシゴを見つけると、ぴょん！と飛びついて、あちこちにぶつかりながら、下の部屋まで下りていくようになりました。

こうなるともう、プッチロじいさんもマリアも、うかうかしてはいられません。

赤ワインの入ったグラスをひっくりかえされたり、つくりかけのチーズを足あとだらけにされたり、ほんとにもう、ナズレのいたずらぶりには、ほとほと手をやくようになりました。

そこで、子猫たちがタント、タント、タントになったときには、みんなそろって外に追い出されてしまいました。

そんなナズレを見て、喜んでいる9歳の男の子がいました。

プッチロじいさんの家で暮らしている孤児のマリオです。

マリオは、3歳のときに父さんと母さんが天国に行ってから、おじいさんの家で暮らしていましたが、あまりいたずらがひどいので、おじいさんとおばあさんにいつも怒られてばかりいました。

ある日、ナズレがトゥルッリの外壁登りをやっていると、マリオがやってきました。

「おい、ナズレ、今日は、『セントポポロのお祭り』なんだよ。だから、おじいちゃんたちは、ポポロ広場に屋台を出して、ワインやチーズを売りにいくんだ」

「それがどうしたの?」

「ばかだなあ、わからないの? その間は、この家は留守になるということだ。だから、いいこと考えたんだよ」

マリオは、ナズレに、こそこそささやきました。

ナズレは答えました。

「それっていいけどさ。おじいちゃんたちが、マリオのこと、なんて言ってるか知ってる？」

「知るか！」

「おじいちゃんたち、こう言ってるんだよ。『マリオがこの家にこられたのも偶然。元気に育ってるのも偶然。みんなセントポポロ聖人さまのおかげだ。なのにマリオはちっともセントポポロ聖人さまのお祭りに行かないんだよね』って」

「へん！　知るか。なにがセントポポロさまなんだ！　それよりね」

マリオはいまいましそうに壁をけっとばして、また、ナズレにこそこそとささやきました。ナズレは、うなずいてマリオに言いました。

「わかった！　じゃ、ピノやルチアや母さんたちにも知らせなきゃ！　そんなことをするんじゃ近くにいるとあぶないもんね」

でも、ナズレがそのことをみんなに言う必要はありませんでした。

マリオを見たとたん、母さんは、ピノとルチアを連れて、あわてて、キャベツ畑に逃げていったからです。

3　黒馬のしっぽの三つ編み

マリオはしかめっつらをして、トゥルッリの、ところどころに穴があいた天井を見上げていました。積みあげた小石のすきまから青空がのぞいています。

ナズレをぎゅっと壁ぎわに押しつけて、マリオは命令しました。

「まず、壁の垂直登りからはじめるんだ」

「スイチョク？」

「たてにまっすぐってことだよ。猫はなんにも知らないんだなあ。人間はいろんな勉強するんだよ。かけ算とかな」

「猫だってするよ。ぼくのとし、タントかける3だよ。タントって指一本なんだよ」

「なあんだ、そんだけ？　おれ、中学生になったら、ピタドラスの定理とか習うんだよ。おまえ知ってるか？」

「知らないけど、ネコジャラシの定理なら知ってるよ」

「ネコジャラシ？」

「そう。ネコジャラシには気をつけるんだ。夢中になってじゃれたりすると、いきなりおそわれてユーカイされたりしちゃうんだ。ネコジャラシはひとりでは動けないんだ。その向こうで人間が動かしてるからキケンなんだ」

「ふーん、そういうことね」

マリオは、ネコジャラシを使って、裏のドラネコをセメント袋に押し込んだときのことを思い出しながら、トゥルッリの壁の状態を調べました。

「ここがいいや。おれが途中までささえてやるから、そこから上は石のすきまに足を順番にはめこんで自分で登れ。上まで行ったら、こんどはクモみたいに天井にはりつくんだ」

「クモってなあに？」

「虫だよ。いちいち聞くな。おじいちゃんだっていつもそう言うよ。それより早くやらないと！」

「わかった！」

ナズレは、壁の小さなでこぼこを利用して天井近くまで這い登りました。でも、ここからが大変です。

やっとのことで、丸天井のはしっこに板がわたしてあるのを見つけて、ナズレは体をおしこみました。

「これからどうすんの？」

「観察するんだよ。なんか見える？　しかけみたいなもん」

「見えないよ。でも、コウモリのフンにチーズがはえてる」

「ばかだなあ。カビだよ。ちゃんと見ろよ。しかけはめだたないところにあるはずだ」

「ないよ。ふわふわした糸なら見えるけど」

「それはクモの巣だよ。さっき、教えてやったろ？」

「でも、クモはいないよ。遊びにいったんだね」

「遊びになんかいかないよ」

「じゃあ、どこ行ったの？」

「いちいち聞くな。ちゃんと探すんだ。フンと巣のほかのもの」

「わかんないなあ。むりだよ。マリオも来てよ」

「だめ！　ハシゴなんかもってきたら、見つかっちゃうよ」

マリオは、学校のクラブ活動で「ふるさとの歴史」を勉強していたので、プッチロじいさんやマリアよりは、トゥルッリのことを知っていました。

プッチロじいさんたちは知りませんでしたが、このトゥルッリは、町でもいちばん古く、今から二百年以上も前に建てられたものでした。ということは、そのころ、南イタリアを支配していたブルボン家のフェルナンド4世の時代よりも、もっと昔ということです。

ある年、フェルナンド4世は、トゥルッリをつくり続ける農民と領主との争いのことを耳にしてこの町を視察しました。そして、農民たちのつくったトゥルッリがすっかり気に入ってしまい、以後はこの町を自分で直接治める領地にして、この形の家だけを建てるように命令をだしたのです。

ですから、それより後に建てられたトゥルッリには、家をこわすしかけはないはずです。

でも、この古いトゥルッリならどうでしょう。もしかしたら、このトゥルッリには、言い伝えにある、簡単に家をこわすためのしかけがかくされているかもしれません。

天井を見上げて、マリオはナズレに命令しました。

「おい、そこに、ななめになった木のでっぱりがあるだろう？　その先をさぐってみろ！」

「ここ？」

「違う。もっと先」

「ここ？」

「違うってば！　もうバカだなあ。やっぱ猫じゃむりなんだ。おれ、ハシゴ持ってくる」

マリオは、納屋に行っておじいちゃんのハシゴを持ってくると、てっぺんに立ちました。

「ええっと、建物って力学の法則にしたがってつくられてるもんなんだ」

「リキガクって何？」

「うるさいなあ。おまえに説明したってわかんねえよ。むずかしい勉強なんだからな。それよか、ちゃんと観察しろ」

「あっ、へんなものが見えるよ」

ナズレが前足でさしました。

「どれ？　あの黒いもの？　あんなものしかけじゃないよ。おばあちゃんのかつらじゃないか？」

木のでっぱりに半分かくれて、黒馬のしっぽの毛みたいなヒモが見えています。

「でも、しかけかもしんないよ」

「じゃ、おまえ、引っ張ってみろ！　おれがそこ行くには、わざわざ、下までおりてハシゴを動かさなきゃなんない。おまえならそこから這っていけるだろ？　わかったな」

「わかった！」

ナズレは、すべりやすい木の柱に爪をたてて、すきまを伝っていきました。何度か爪がはずれそうになりました。でもがんばって、黒馬のしっぽの三つ編みにちょっとだけさわることができました。

「うまいぞ、でもそんだけじゃだめ。そのヒモつかむんだ」

「わかった！」

ナズレは、シャクトリムシのように体をのりだして、ヒモをつかもうとしました。とたんに足が宙に浮きました。

ナズレはあわててヒモにつかまりました。

すると……ナズレの重みで、馬のしっぽの三つ編みが、だらんとのびて、ロープになったのです。

ロープのはしにぶらさがったナズレは、ブランコみたいにロープをゆらしました。

「わー、おもしろいや」

ロープのゆれ幅は、だんだん大きくなっていきます。

「いくぞー！」

ナズレは叫びました。

「だめ、来るな！」

マリオはどなりました。

でもおそすぎました。ナズレがぶらさがった、しっぽの三つ編みは、ひゅーんとゆれて、マリオにぶつかりました。

「やったな！」

マリオも宙に浮きました。でも下に落ちる前に、ナズレがぶらさがっているロープにとびついたのです。

そのとたん……

ガラガラ！

ガッシャーーン！

大音響（だいおんきょう）がひびきわたって、トゥルッリの家がこわれました。

4　マリオ逃（に）げ出（だ）す

オリーブ畑（ばたけ）のかわいた道を、観光（かんこう）バスがほこりをまいあげて通（とお）り過（す）ぎていきます。

「待（ま）ってくれー！」

マリオとナズレが観光バスを追（お）いかけていきます。

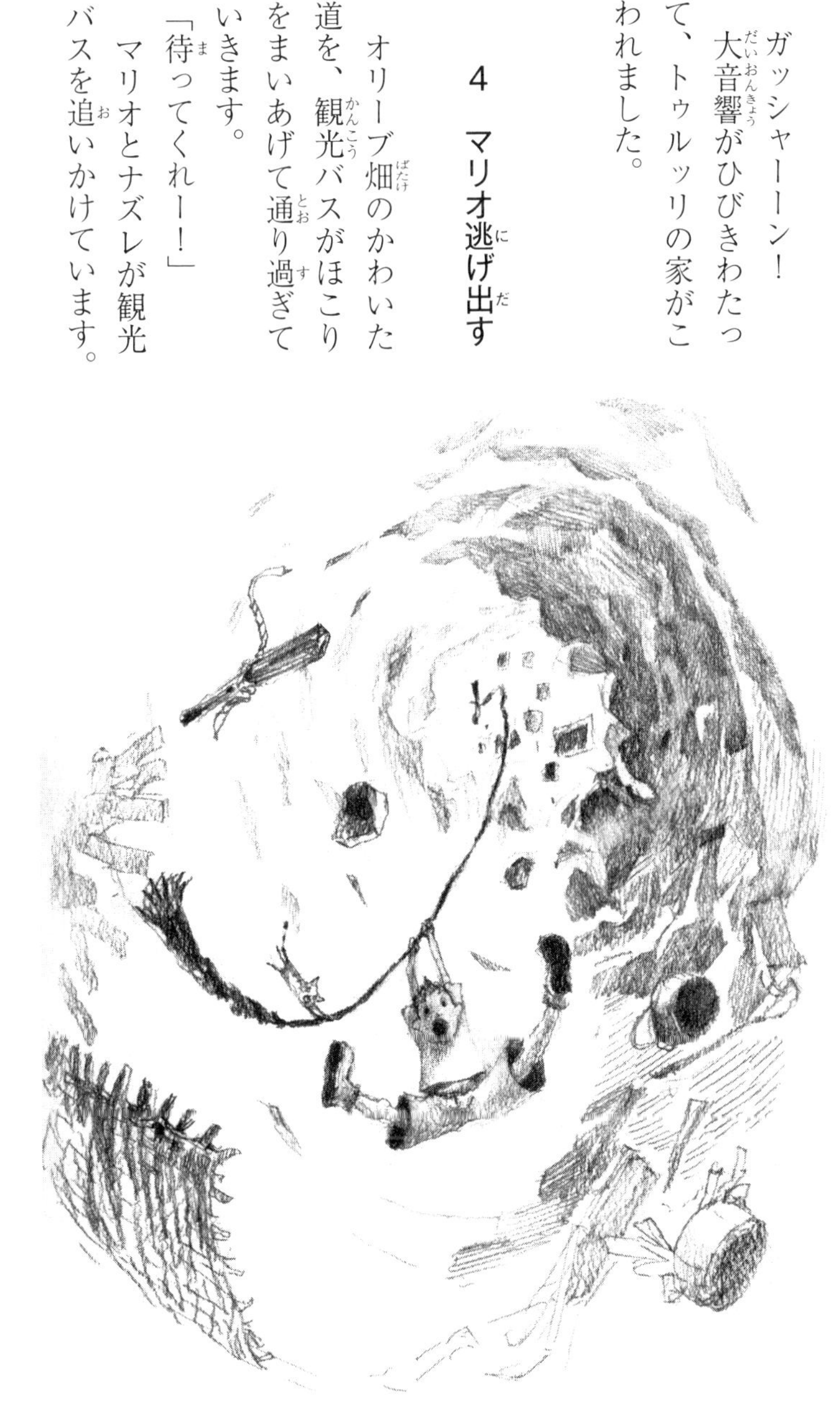

少しはなれたところから、かんかんに怒ったプッチロじいさんが走ってきます。

「待てえ！　止まるんだあ」

その後ろから、マリアと、近所のおばさんたちが走ってきます。手に手に、モップやホウキをふりあげています。

プッチロじいさんは、おしおき用の皮のムチをふりまわしています。おじいちゃんが、このムチを手にしたときには、マリオは気をつけなければいけません。

おじいちゃんが本気で怒っているからです。

「助けてえー」

マリオは、バスに向かって叫びました。バスの乗客はおどろいて外を見ました。

小さな男の子とかわいい猫が、大勢の大人

に追いかけられているではありませんか？　しかもムチやホウキをふりまわしている……。

　乗客たちが叫びました。

「バスを止めろ！」

「あの子を助けないと！」

「お願い！」

　バスは止まり、マリオとナズレはすばやくバスに乗り込みました。

「ここに座りなさい」

　二人を助手席に座らせると、運転手さんは車を走らせました。

「なんか悪いことしたの？」

「べつに……」とマリオは言いました。

　運転手さんは、また聞きました。

「腕、どうしたの？　赤くなってるよ」

「石ころがぶつかったんだ」

「えっ、ぶつけられたの？　ひどいねえ」

「ひどくないよ。マリオが自分でやったんだもん」

とナズレが言いました。

でも、まわりの人には「にゃごにゃごにゃご」と聞こえただけでした。

マリオはナズレをけとばしてから、運転手さんに言いました。

「屋根の石ころがぶつかったの。トゥルッリをこわしたときにだよ」

「えっ、トゥルッリをこわしたってかい？」

「うん。ヒモにぶらさがったら、ぶっこわれたんだ」

「ほお！　そりゃすごい」

運転手さんはバスガイドのおねえさんに、マリオにくわしい話を聞いてみんなに伝えるように言いました。

「わかりましたわ」

マリオから話を聞きだしたガイドさんは、マイクをにぎりしめてお客さんに説明しました。そして最後に言いました。

「これでみなさま、わたしが、先ほどお話しした「アルベロベッロ」の『すぐにこわれるトゥルッリ』の伝説が、ほんとの話であったことがおわかりになったと思います」

みんなが大笑いして手をたたきました。

「ぼうや、みんな、おお喜びよ。お礼にこれあげる！」

ガイドさんは、ツアーの人たちが胸につけている大きなワッペンを、マリオの胸にぺたんとはってくれました。

「猫ちゃんには、このバッグあげるね。ツアーのお客さんに配るショルダーバッグだけど、猫の模様がついてるからちょうどいいよね」

「うん。ありがとう。この猫、ナズレだよ」

「ふーん、かわいい名前ね。さ、ナズレちゃん、中に入りなさい」

ナズレは「にゃーご」と鳴いて、バッグにもぐりこみました。

「えーと、おねえさん」

マリオはあらたまって言いました。

「この猫、にんげんの言葉が話せるんです」

「あら、そう……」

ガイドさんは笑ってそう言っただけでした。

この観光バスは「アルベロベッロ」を観光したあと、港町のバーリに戻るところでした。

バーリはイタリア半島のプーリア州というところにあります。

港から見える海は、地中海にあるアドリア海です。

「この町には、二つの港があるんだよ」

バスのお客をおろすと、運転手さんは言いました。

「古い港は漁港だよ。海岸には、毎朝、魚の市場がたつんだ」

「もうひとつは？」

「新しい港は、貨物船や、旅客船がとまるところ。観光バスのお客さんは、ここに停泊している豪華客船のクルーズのお客なんだよ」

「市場でオタカナ、食べられる？」

バッグの中からナズレが聞きました。

でも、運転手さんには、「にゃにゃにゃにゃにゃ、にゃーんごん？」としか聞こえませんでした。

バスがバーリに到着すると、運転手さんは、スナック菓子とコーラを買って、マリオたちを港に連れていってくれました。

港には、超大型客船の「アルペジオ号」が、停泊していました。

　運転手さんが教えてくれました。

「この船は、九万トンもあるんだよ。廊下を合計すると八キロになるんだって。キャビン（船室）は客室だけでも、千二百室。乗客は三千人。乗組員は、レストランと客室係だけでも五百人もいるそうだ」

「すごい！　おじさんよく知ってるね」

「お客さんから聞いたんだよ。その人、あしたはベネチアで『ゴンドラツアー』に参加するんだって」

「ベネチアかあ、いいなあ。いろんなところに行くんだね」

「一週間のツアーだからね。お客さんは、それぞれ自分の都合の良い町の港から乗り込んで、行く先々で上陸して観光しながら各地を回って、乗った港で降りるんだよ。今はトルコのイスタンブールから、マルマラ海、エーゲ海、イオニア海、アドリア海と、四つの海を通ってバーリまで来たんだ」

「へえ？　海って名前がついてるんだ！　おじさんは行かないの？」

「お金がかかるからね。バスの運転手じゃむりだね」

運転手のおじさんは、腰をあげました。

「さあ、そろそろ引き上げるか。わたしは今夜は港泊まりだが「アルベロベッロ行き」の運転手におまえたちを送るように頼んであげよう。じゃ、ここで動かずに待ってなさい」

おじさんは、ウインクすると、すたすた去っていきました。

でも、おじさんが「アルベロベッロ」行きのバスの運転手さんを連れて戻ってきたときには、マリオとナズレの姿はどこかに消えていたのです。

5 「アルペジオ号」

マリオは、目を皿のようにして、豪華客船を観察していました。

「アルペジオ号」は、見れば見るほどすばらしい船でした。流れるようにカーブして海におちこむ流線形の船首。

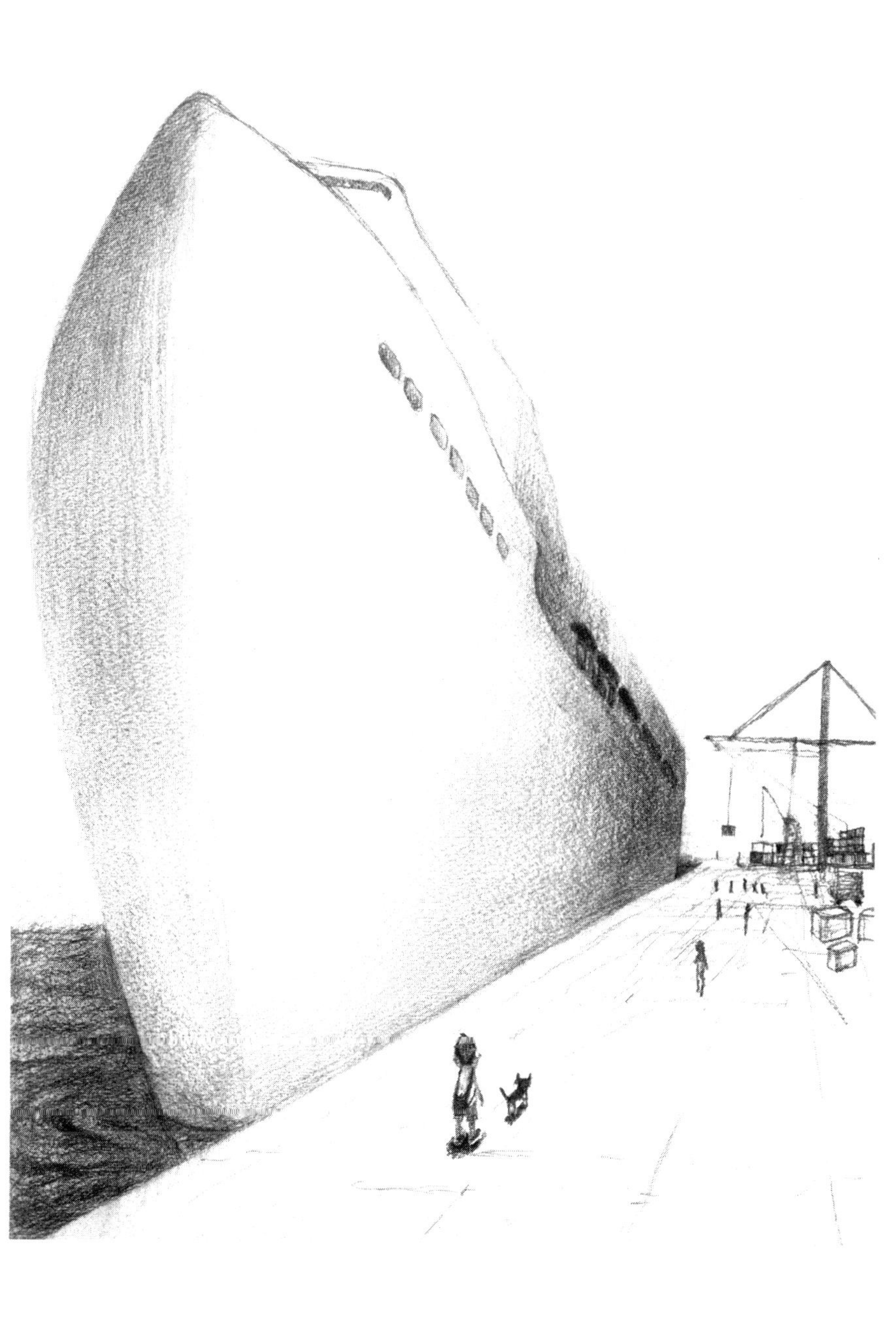

規則正しく並ぶたくさんの窓。

空と海をバックに、白く輝く船体は、豪華な海のホテルです。

屋上のデッキを行ったり来たりする人々の動作や表情も、マリオのいるところからよく見えました。

「すごい船だなあ。動き出したらどうなるんだろう？」

「どっか行っちゃうと思うよ」

ナズレが、バッグから顔を出して言いました。

「ばかだなあ。おれたちが船に乗ってたらって、話だよ」

「だったらぼくたちも行っちゃってるから、ここにはいないんだね」

マリオは、「アルペジオ号」が、白波をけたてて進むところを想像するだけで、胸がドキドキしてきました。

乗船口には、幅広い木でつくったゆるやかな乗り降り用の階段がもうけられ、船のマークを紺で染めぬいた真っ白な垂れ幕がさがっています。

乗客の一人ひとりが、警備の人に、船の乗客だと証明する「クルーズカード」を見せて通りぬけていきます。

マリオたちのいるところからは見えませんでしたが、テロを防ぐためのエックス線の荷物検査も行われています。

道路の左側にはテレビのようなボックスがあって、船に乗る人々の顔を映し出しては、コンピュータの資料と照らし合わせてチェックしています。マリオはナズレに言いました。

「ねえ、この船に乗ろうよ。うちに帰ったっておじいちゃんに怒られるだけだもん」

「いいよ」

「でも、簡単じゃないんだよ。見張りがいるんだ」

「へいきだよ、見てて！」

ナズレは、いきなりバッグから飛び出しました。

「おーい、待てー」

マリオは、あわててナズレを呼びもどしました。

「計画をたてなくちゃ！　ほら、あそこに、白い服を着たおじさんがいるだろ？」

「あのカーテンみたいな人？」

まっしろなアラビア服を着たおじさんが、階段を上っていくのが見えました。あとから頭にターバンをまいたお供が、大きな箱を頭にのせてついていきます。

「ナズレ。あのおじさんのかげにかくれて船に乗れ」

「わかった！　あの箱、オタカナが入っているといいね」

「サカナだって？　ばかだなあ。ちゃんとかくれて行くんだぞ。うまくいったら屋上のデッキに上がって合図するんだ」

「デッキって、あのてっぺん？」

「きまってるよ、あそこなら、ここからちゃんと見えるからな」

「でも、見つかったらどうなるの？」

「おまえとはお別れさ、見つかったら、海に放りだされちゃうんだよ」

「放りだされたらどうなるの？」

「だいたいは、死んじゃうんだ」

「わかった。じゃ、うんとがんばるね！」

「成功したら、ぼくもあとから行くよ」

「じゃば！」

ナズレは、ぱっとかけだしました。でも、おじさんのかげにかくれるどころか、そのまま走って、乗船口からぱっと中に入ってしまったのです。

「なあんだ、うまくいきすぎだよ、猫はいいなあ。さ、こんどはおれの番だ」

マリオは、乗船口をぐっとにらんで腕ぐみをしました。


ちょうどそのころ、乗船口では保安チームのキャプテンのマミケーレさんが、アラビア服のおじさんにぺこぺこあいさつしていました。

「お帰りなさい、アブ・シャリフさま。シェラザードさまは本日はお留守番で？」

「ああ、マミケーレ君、彼女はきげんが悪くてねえ」

アブ・シャリフさまと呼ばれた人は、頭に箱をのせたお供に「先に行くように」とあごでいい、マミケーレさんに言いました。

「ところで例の話だが……ちゃんと対応してくれただろうね」

「はい、もちろんです。夕べのミーティングで、乗組員全員に伝えました。これからは、シェラザードさまたちご一行、夜の夜中にいたるまで24時間、船内のどこででもゆっくりと、お過ごしいただけると存じます」

「それはありがたい。これでシェラザードのきげんもなおるだろう。船内を歩くのに、いちいち許可がいるのでは、この船に乗ることも考えないといかんからな。では、みなさんに神の恵みがありますように」

　金ぶちメガネのアブ・シャリフさんは、アラビアの不思議な香りをふりまきながら船内へと消えていきました。


　マリオは、いらいらしながらナズレの合図を待っていました。でも、いくら屋上のデッキをにらんでも、ナズレは姿を見せません。

　バスガイドさんからもらった猫のバッグを、頭の上でふりまわしました。それでも、応答はありません。

　そのうち、船に乗り込む人の数も少なくなってきました。

「アルペジオ号」の今日の船出は午後3時です。

と、いうことは、観光などを終えて船に戻る時間は、午後2時半までなのです。

「ナズレのやつ、なんで合図しないんだ？」

　マリオは、警備の人に見つからないように、乗船口の垂れ幕をあげて、手すりとの間にかくれました。すきを見て、船内にしのびこむつもりです。

　すると、大きなぬいぐるみをかかえた子どもを三人連れたおばさんが、息をきらしてやってきました。背中のバッグで、赤ちゃんがギャーギャー泣いています。

「急いでちょうだい！　おっぱいの時間なんだから」

　お母さんは、汗をふきふき乗船係に言いました。

「クルーズカードを見せてください」乗船係が言いました。

「なんですって？」

「『クルーズカード』です。カードがないとお乗せするわけにはいかないのです」

「えっ、そんなものないわ。うちにおいてきましたもの」

「うちにですと？　乗客はいつも『クルーズカード』を携帯することになっていま
す」
せなかの赤ちゃんは泣きわめきます。子どもたちは、ぬいぐるみをぶっつけあって、
けんかをはじめました。
おばさんは、とうとうかんしゃくを起こしました。
「ちょっと！　わたしの顔ぐらいおぼえたらどう？　主人はこの船の船長よ！　とい
うことは『フリーパス』なの」
連絡をうけて保安チームのマミケーレさんがかけつけたときには、乗船口はちょっ
とした騒ぎになりました。
乗船係は、ぺこぺこと、マミケーレさんにあやまっています。
マミケーレさんは、船長さんに真っ赤になって説明しています。
船長さんは、おろおろとおくさんをなだめています。
子どもたちは、あいかわらずぬいぐるみをぶっつけあっています。
赤ちゃんは、ギャーギャー泣きわめいています。
「あ、今がチャンス！」

マリオは、垂れ幕からとびだして、子どもたちの中にまぎれこみました。

（うまくいった！）と、思ったときです。

「ちょっと、そこのぼうや」

テレビの画面をにらんでいた女の人が、マリオをにらみつけました。

「ごまかしたってだめ！　こっちに来なさい！」

女の人は、マリオの腕を引っ張ると、ガイドさんがつけてくれた胸のワッペンを、らんぼうにひきはがしました。

「バスツアーをぬけだすなんてどういう子？　乗船時間を守らないと、あんたパーリに、おいてきぼりになっちゃうのよ！」

目をぱちくりさせているマリオに、女の人はこう言いました。

「わかってる！　『クルーズカード』はお母さんが持ってるのね。ぐずぐずしないでさっさと部屋に戻んなさい！」

6　海水パンツのおじいちゃん

いきなり船内に入ったため、目がなれるまでに時間がかかりました。あたりはうす暗く、壁にそって重々しい紫色のカーテンが、天井から床までをおおっています。

「ナズレ、どこだあ？」

念のためにカーテンをたたいてみましたが、ナズレは出てきません。壁にそって歩いていくと、広いエレベーターホールに出ました。

鏡ばりのエレベーターが、二つ並んでいました。近づくと自分の姿がうつりました。マリオは、ツバを手につけて髪をなでつけました。その手で顔をなでると、茶色いしま模様ができました。

エレベーターを見たのははじめてだったので、それが動くものだとは知らず、マリオはそこを通り過ぎました。少し行くと、広いサロンがあり、吹きぬけの豪華な大階段がありました。

手すりは顔がうつるほどピカピカで、床にはラベンダー色のカーペットがしきつめられています。階段には人けがなく、サロンでは何人かの人たちが、立ち話をしたりソファに座ってお酒を飲んだりしています。

「すげえ！」

マリオは、手すりにぶらさがったり、一段ぬかしで段をとびあがりながら、人けのない階段をどんどん上っていきました。 

ひろい踊り場から見おろすと、それぞれの階に、シャンデリヤの輝く大サロンが見えました。

ある階のサロンは、海の色、また、ある階は、黄色と黒のハチトラ模様。スモークサーモン色や、カンガルー色の小さいサロンや、壁はもちろん、テーブルやソファまで、すべてがシマウマの皮模様でつくられた特大サロンも見えました。

マリオのいるところからはよく見えませんでしたが、おすし屋や、イタリアンレストランや、ケーキのお店や、高級ワインショップもあったのです。

宝石店には人がむらがっていました。

『琥珀色のすてきなジュエリー。二つ以上買うとヴァリ・デザインのゴールドジュエリーが20パーセント引き』

『18KTゴールドジュエリー（ガスペル作）をお買い上げの方にはなんとパリの香水二つおまけ』

船の乗客は、くいいるようなまなざしで、広告板に書かれたイタリア語に英語の訳がついた文字に見入っています。

5デッキ（5階）のレセプションでは、国籍の違う何人かの従業員が、お客の相談を受けていました。

英語、イタリア語、ドイツ語、トルコ語、ギリシャ語、スペイン語、アラビア語、ヘブライ語、中国語、韓国語、日本語……。

「おもしろいなあ」

階段（かいだん）を上がりかけては立ち止まり、また上がっては、あちこち見回していると、

「ちょっと！　きたない手でさわらないでよ。今、みがいたところなんだから！」

手すりみがきのおばさんが、こわい顔をして階段を上ってきました。

「こっち来なさい！」

おばさんは、マリオをつかまえると、いきなり手と顔を、手すりをみがいていたぞうきんでふきました。

「まったく、もう！　さっさと屋上（おくじょう）に行きなさい」

おばさんは、マリオをエレベーターの前まで引（ひ）っ張（ぱ）っていくと、そこにいた、頭にメガネをのせて、新聞をこわきにはさみ、海水パンツにガウンをはおったおじいちゃんにおしつけました。

「すみません。この子を、16デッキまで連（つ）れていっていただけませんか？」

「はいはい、16デッキですな。わたしも行くところです」

おじいちゃんは、頭からメガネをはずすとこんどは耳にかけました。

16デッキは、スポーツデッキと呼ばれているところです。海を見渡せるガラス張りのジャグジールームや、フィットネスクラブ、美容室やエステサロンもありました。

大きなドアを開けたとたん、明るい光がさしこんできました。そこは、まぶしい太陽がてりつける屋上でした。

真ん中に子ども用のプールが二つありました。ひとつはクジラのかたちのプール。もうひとつは、ぐるぐるまわれるウミヘビプールです。

広いデッキに数え切れないほどのデッキチェアが並び、真っ赤に日焼けした人びとが日光浴を楽しんでいました。

ボーイさんが、ビールやスナックを

載せたお盆を持って、人ごみの間をすりぬけていきます。

マリオをシャワーのところに連れていって、じゃぶじゃぶ水をかけながら、おじいさんはひとりごとを言いました。

「なんともひどい汚れだね。ついでにシャツも洗ってしまおう。しかし不思議だね。髪の毛に『キアンカレッレ』の石粒がまざっているのはなぜなんだろう？」

「キアンカレッレ」は、アルベロベッロ原産のトゥルッリの屋根の原料だということをマリオは知っていましたが、聞こえないふりをしました。

おいしそうなにおいがしてきました。

トマトとニンニクとオリーブオイルのにおい。

このにおいは、マリアおばあちゃんがつくってくれるペンネ・アラビアータの香りです。お腹がぐるぐるっと鳴りました。

おじいちゃんが首をかしげました。

「なんの音だね？」

「お腹です」マリオは答えました。

「そうか、じゃ、ペンネでも食べようか！」

シャワールームのそばの立ち食いカウンターで、白い帽子をかぶったコックさんが、ゆでたてのペンネをトマトソースにからめていました。

おじいちゃんは、コックさんに注文しました。

「ペンネ・アラビアータ、トウガラシぬきでこの子に……」

「はい、ペンネ・アラビアータ、トウガラシぬきで、おぼっちゃまに」

マリオは、ペンネ・アラビアータを、お皿のふちまで、ぺろぺろなめて食べ終わりました。

おじいちゃんは、マリオのぬれたシャツをかかえたまま、おでこに手をかざして、プールサイドをあちこちながめて言いました。

「探しておくれ。ペッピーノとモモコがいるはずなんだ」

「えっ?」

「孫たちじゃよ。ペッピーノはイタリア人とトルコ人のハーフで9歳。金髪に青い目。ほっぺにソバカス七つ。モモコは日本人とトルコ人のハーフで7歳。髪は黒くてほっぺにソバカスなし。二人ともボーボークマちゃんバッグをかかえてるはずじゃ」

「ボーボークマちゃん?」

「トルコで大流行のぬいぐるみだよ。バザールでケータイストラップも売っとるよ」

マリオは、のびあがったり小さくなったりして、人ごみの中を探しました。

すると、あ、いました！

水色とピンクの水着を着た、二人の女の子が、髪から水しずくをぽたぽたたらしながら、プールサイドのデッキチェアのそばでしゃがみこんでいます。

二人の間に、ぬいぐるみのようなものが見えました。

でも、ボーボークマちゃんではありません。だんだら模様のトラ猫でした。

「ぴょん！」

マリオが近づいたとたん、トラ猫はデッキチェアからとびおりると、すごい勢いでデッキをかけぬけていきました。

金髪の女の子、ペッピーノが立ち上がってマリオをにらみつけました。

「ちょっと！　あんたのせいよ。ネコ、逃げちゃったじゃない」

ぽかんと口を開けていたマリオは、やっとのことで言い返しました。

「いいもん。あいつ、おれのネコだもん」

ペッピーノは、ふん！と鼻をふくらませました。

「うそ、ノラネコよ。ね、モモプ」

言われてモモコは「こくん！」とうなずきました。

ペッピーノは、

「ほらね、モモプもおんなじ意見よ。あんたの猫なら逃げないはずよ。ね、モモプ」

モモコは、もう一度「こくん！」とうなずきました。

「ね、モモプもそう言ってる！」

マリオは、肩からぶらさげていたナズレのバッグをペッピーノの鼻先でひらきました。

「そんなら証拠見せてやるよ。あいつのにおいがするだろ?」

ペッピーノは、バッグに鼻をつっこみました。

「ほんとだ！　猫ちゃんのにおいだ」

バッグを渡されたモモコは、顔をしかめてうなずきました。

猫のオシッコのにおいがしたからです。

そんなようすを見ていたおじいちゃんが、にこにこしながら、みんなに言いました。

「では、おじいちゃんにも言わせてもらおう。あの猫は、シャリフさんところの飼い猫だと思うよ」

「えっ、シャリフさんてアラビア人の？」

「そう。11デッキを借りきっているアラブの石油王だよ。猫好きで、特別室を猫間サロンにしてしまった」

「猫間サロン？」

「猫のためのサロンだよ。猫たちのためにメイドさんまでいるんじゃよ」

「すごーい！　ほんとなの？」

「ほんとうだよ。いろんな猫があそこにはいる。そうとも。もしもノラネコだったら、とっくに船員に見つかって、どぼーん！と海に投げられていることだろう。さて、と……」

おじいちゃんは、ガウンをぬいで海水パンツ姿になりました。

「子どもたちよ。猫モンダイはそれとして、わしは、ひと泳ぎするから、みんなでビュッフェに行っておいで。ランチタイムが終わってしまうぞ」

「はーい！」

ペッピーノとモモコはかけだしました。

マリオは、急いであとを追いかけました。


ビュッフェレストランは、デッキの最後部にあります。

カウンターには、イタリア料理がずらりと並んでいます。


鶏肉とオリーブのトマト煮込みリコッタチーズ添え。

牛タンと野菜の煮込みゴルゴンゾーラソースかけ。

つぶ貝のジェノベーゼとフェディリーニのトマトソース。

アスパラガスとズッキーニとペンネのカルボナーラ風。

スモークサーモンとアボカドのブルスケッタ。

パルミジャーノ入りのシーザーサラダ。

まっくろなシンプルいかすみスパゲティ。

ホタテ貝柱の地中海風リゾット……。


ペッピーノが、みんなにお皿をくばりました。

「ねえ、何食べる？」

おそいお昼を食べる人たちが、手に手にお皿を持って、カウンターのごちそうをとっています。

何を食べてもここではただです。

ペッピーノとマリオとモモコは、ピザとソーセージとフライドポテトをお皿に山もりにしてとりました。

マリオは、ナズレのために、ニシンの酢づけと、オマールエビのぶつ切りを、ビニール袋に入れました。


デザートもいっぱいありました。

チェリーとチョコのシブースト風タルト。

マスカルポーネチーズのムース。

チョコのマロントルテ。

ナッツクッキーのチョコボンボン。

干しナツメのチョコボンボンサフラン風味。

はちみつリンゴの重ね焼き。

ルバーブといちごのコンフィ。

リンゴの薄焼きパイ・バニラジェラート添え。


デッキに戻ると、ペッピーノが、ボーボークマちゃんのバッグのお腹のポケットから飲み物券を取り出して言いました。

「コーラにする？　それとも、アイスティー？」

「コーラ！」

マリオとモモコが手をあげました。

「じゃ、たてかえとく。あとで券を返してね」

ペッピーノは売店に走っていきました。

7　ネスリハン登場

バーリの港を出てから「アルペジオ号」は、イタリアの海岸線にそって航海を続け、ゆっくりとベネチアに向かっていました。アドリア海の小さな島々が見えました。

左側に、松のしげるサフィソス島が見え、右側のダレリオ諸島のいくつかには、赤い屋根の家々が小さく見渡せました。

船は、ときどきゆれました。それでこの船が、海の上にいるということがわかりました。

赤い髪の毛にしゃくれたあご、赤ぶちの四角いメガネを鼻の先にのっけたネスリハンは、角がすりきれた黒いバッグを肩にさげ、メモ帳とボールペンを持って、6デッキのツアーデスクの事務局に入っていきました。

「ちょっと確認！　緊急時の避難場所はシアターですね。とすると、ほとんどの人がシマウマの皮バーを通るでしょうから混雑しそう。プールにいる人たちには早めに知らせたほうがいいでしょうね。あ、それから、ベネチアのゴンドラツアーの参加者は71名。オレンジ色の『ツアーチケット』の手配よろしくお願いしまーす！」

「はい！　トルコグループの『ゴンドラツアーチケット』71枚ね。ネスリハンはお客が多くて大変ね」

　ツアー係のエレーナは、ぶあつい束になった「ツアーチケット」を棚からとって渡しました。

　ネスリハンは、トルコのグループツアーのガイドです。

イスタンブールから乗船したトルコ人のグループは全部で71名もいましたから、ネスリハンのいそがしさったらありません。

乗客たちは、いつも勝手なところにいましたから……。

七つもあるバーや、ディスコや、カジノ。

上陸ツアーから戻ってきたお客たちは、夕食までの時間を、あちこちにでかけて、楽しい船の暮らしを体力の続くかぎり楽しむのでした。

図書館、カフェ、ゲームセンター、写真館、宝石屋、デューティフリーショップ、ロゴショップ、美容室、スパ、ポーカールームや、ペットのための猫間サロンにいたるまで。

船内の催しも毎日たくさん行われます。

「チャチャチャレッスン」「マンボダンス」「ストレッチ」「エアロビクス」「カラオケ」「子どもたちのカーニバルパレード」「野菜とくだものカービング教室」「ミニゴルフトーナメント」「スパゲティのつくり方教室」「マジックボックス」「メレンゲクッキーをつくりましょう」「カントリーレッスン」「ワインの歴史と産地教室」「ミスアルペジオをえらぼう」「ラテンフェスティバル」「ダーダネルス海峡の星の下で」

などというわけのわからない催しまで、数え切れないほどあるのです。

でも、いつも人でいっぱいなのが、16デッキのプールサイドでした。

ネスリハンは、船のゆれにときおり足をとられながら、広い階段を16デッキまで上ってきました。

「ええっと、ペッピーノやモモコちゃんはどこかしら？　あ、いたいた」

ネスリハンは、アイスを食べている三人を見つけました。

「こんにちは！　避難訓練のお知らせよ。おじいちゃんやママにもちゃんと伝えてね。避難訓練さぼると法律違反になっちゃうから。おや、あなたはだれ？」

ネスリハンは、マリオに気がついて、メガネをずりさげました。

「あ、ぼ、ぼくは……その、ぼくは」

横からペッピーノが助けました。

「この子、マリオよ。イタリア人なの」

「そう。じゃ、バーリから乗り込んだツアーの方ね。ちょうどいい。あなたのご家族にも、これから言うこと伝えてちょうだい」

ネスリハンは、ピノッキオのかざりのついたボールペンを、指先でくるくるまわしながら流暢なイタリア語で言いました。

「いい？　もすこしたつと、7回の短いボーと1回の長いボーが鳴るわ。そしたら急いで部屋に帰って、救命胴衣をつけてシアターに向かうのよ」

「でも、救命胴衣ってどこにあるの？」

ペッピーノがトルコ語でたずねました。

「各自の部屋のロッカーの上に人数分用意されてるわ。ペッピーノ。マリオやモモコちゃんにちゃんと教えてあげてね」

フリルがよじれた赤いブラウスとすりきれた白いレギンスという、添乗員らしくないいでたちのネスリハンは、ほかのお客を探しにせかせかと甲板を歩いていきました。

5分もたたないうちに、

「ボー、ボー、ボー、ボー……」

ドキッとするような、緊急避難の汽笛が鳴りました。

「あ、鳴った！　避難訓練だぞ」

船客たちは、ぞろぞろと、16デッキから姿を消していきます。

「モモプ。救命胴衣とりにいこう！」

「うん」

「マリオもよ。部屋のロッカーに用意されてるわ」

「うん……」

「急いで！　部屋に戻ってとってくるの。じゃ、わたしたち行くわよ。シアターでまた会おうね」

「でも……」マリオはもじもじしながらペッピーノを見ました。

「ぼく、部屋がないんだ」

「なんで？」

「なんでって……。だまって船に乗ったからだよ」

「じゃ、密航？」

「まあね。だから『ご家族によろしく』って言われても困るんだ」

「そりゃそうだね。家族はどこにいるの？　ママとか？」

「ママもパパもいないよ。ぼく孤児なんだ」

「えっ、死んじゃったの？」

「そうなんだ。おじいちゃんたちと暮らしてるの」

「そう。じゃ、モモプとおんなじ。モモプのママも死んじゃったの。だからトルコに来たんだよ」

小さなくちびるをぎゅっとひきしめて、ペッピーノは言いました。

「マリオ。心配しないでだいじょうぶよ。あたし、いいこと考えたんだ。ここで待ってて、動いちゃだめよ」

ペッピーノは、モモコの手をとると、ころげるように階段を下りていきました。

8　避難訓練

シマウマの皮模様のシマウマバーも、楽しいショーが行われるシアターも、今の時間は避難訓練のために、オレンジ色の救命胴衣を持った人々であふれかえるようでした。

エレベーターの両側に2名ずつ、黄色い防水服の誘導員が、交通整理のおまわりさんのように、手を上にあげたり、横に向けたりして人々を整理しています。

９デッキの９０８４号の部屋の前に立つと、ペッピーノは、なれた手つきでドアを開けるカードを入れました。

光がぱちっと走り、その瞬間にドアを押すとドアがひらくのです。

中に飛び込んだペッピーノは、書斎コーナーからおじいちゃんのイスを引っ張ってきて飛び乗りました。

せのびしてさぐると救命胴衣が手にさわりました。

「あった！　モモプ、放り投げるから受け取って！」

「うん」

ペッピーノとモモコは、三つの救命胴衣をかかえると、息せききって、廊下を走りぬけ、たった９分で16デッキに戻りました。

「マリオ、救命胴衣だよ」

「えっ、すごい！」

マリオは、救命胴衣をしっかりとかかえました。

「じゃ、行こ！」

「待って！　ナズレがいない。すぐ、いなくなるんだよ」

ビニール袋のごちそうにつられて戻ってきていたナズレが、また行方不明になりました。

「それどころじゃないよ。はやく行かないともう時間よ」

みんなでどたどた階段を下りてシアターの2階席に陣取りました。

「見て！　あの人たちカッコいい！」

ペッピーノが息をはずませました。

オレンジ色のはでなユニホームに身をつつんだ警備係のおじさんたちが、舞台に立って救命胴衣のつけ方を説明しています。

子どもたちは、言われたとおりに救命胴衣を頭からかぶって、胸の前で黒い留め具をカチッとしめました。

なんだかわくわくしてきました。

「ほんとに海に飛び込むの？」

マリオが聞いたとたん、

「まさか！」

後ろから聞き覚えのある声がしました。ネスリハンです。

　この声が聞こえたら、どんなにおしゃべりな人でも、もう、ひとことも言葉をはさむことはできなくなります。

「マリオとペッピーノとモモコちゃん。いいこと？　今日は、救命胴衣を持って、シアターに集まるだけの訓練よ。だからこれでおしまいです。

　でも、明日午前11時から行われるスタッフの避難誘導訓練では、実際に救命ボートを海までおろすのよ。ボートの点検。海におろすときに使うクレーンやその他の設備の点検。従業員一人ひとりの細かい役割にいたるまで。なんせ乗客の命を守るために、スタッフは夜中じゅう寝る時間もなく働かなきゃならないのよ。

　さあ、わかったらあなたたち、帰って服を着替えてね。今夜、6時以降のドレスコードは「インフォーマル」ですからね。男性は「タイつきジャケットにジーンズではないズボン」、女性は「フォーマルでないドレス、またはパンツとブラウス」、『ランデブー・ワインバー』と『カジノ』は9時から7デッキで開業。しかし、子どもは入れないから関係ないわね。それからですねえ……」

　ネスリハンは、メガネをずらしてメモ帳をよみあげました。

「今夜のシアターの出し物は『マジックショー』です。

出演はなんでも消しちゃう「消し男のピアニッシモ」と「ビキニガールのケティ」演奏は『フランシスコマリーニとシリオスバンド』、歌はトルコの黒バラ・チャナッカレ嬢。

10時から『ピラニヤ・バー』で行う『スーパージャックポット』はファイナルビンゴで、賞金は500ユーロ。カード購入は開始15分前。ただし18歳以下は入場禁止よ。ええと、それからっと！　ここからはおじいちゃんに伝えてください。『エメラルド・バー』では、『スペシャルオクトフェスタ』が催されます。フランジスカーナビールが1杯たったの5・7ユーロ。2杯頼むと1杯が無料になります。ええと、それからですねえ……」

メモ帳を片手に、ピノッキオの顔がついたボールペンを指でくるくるまわしながらネスリハンはしゃべり続けています。

そのころ部屋に戻ったおじいちゃんは、おろおろしながら救命胴衣を探していました。

「おかしいな。救命胴衣が人数分、たしか、ここにあるはずなのに」

9　シアターの出来事

マリオが今夜ねむる場所をつくるために、ペッピーノとモモコは大活躍をしました。

二人は、まず今夜のディナーに行かない理由をつくらなければなりませんでした。

ディナーは毎回、いちばん大きな「サン・トロヴァッソ・レストランテ」で、４組のお客が、その日のドレスコードに合わせた格好で同じテーブルに座るのでした。

「いいこと？」お母さんはペッピーノとモモコに言いました。

「ペッピーノは、ピンクのオーガンジーのひらひらドレス。モモプは、日本のお祭りユカタに赤いチャンチャンコでどうかしら？」

「うん。でも、モモプ、頭が痛いんだって。それにあたしものどがひりひりするの。だからあたしたち、今夜はディナーに行かれない」

ペッピーノはおおげさに、顔をしかめてママを見ました。

ママは、不思議そうな顔をしていましたが、二人のおでこに、かわるがわるさわってみて、おじいちゃんにたずねました。

「熱はないけど、診療室に連れていったほうがいいかしら？」

「心配ないよ。ひるま遊びすぎてつかれたのだろう」

二人をキングサイズのベッドに寝かせたママが部屋をでていったとたん、二人は飛び起きて、ボーボークマちゃん二匹とクッションをベッドに入れてかけぶとんをふくらませました。

「これでいい。マリオのところに急いで行こう」

ドアを開け、廊下をキョロキョロ見回すと、ウサギのように飛び跳ねながらシアターに向かいました。

公演前の、ガランと薄暗いシアターの２階の奥に体を丸めて、マリオはぐっすりねむりこんでいました。

「起きて！　ごはん食べにいくのよ」

「うん……」

ねぼけまなこで起き上がったマリオは、からっぽになったナズレバッグをぽかんと見ました。

「またいない！」

「いいじゃない。お腹すいたら現れるよ」

5デッキにある「ピラポンペイアーナ・カフェテラス」は、24時間営業のレストランです。この船の乗客であれば、だれが行っても無料です。おまけに一日に何回行こうとただなのです。

みんなで「ピラポンペイアーナ・カフェテラス」に行きました。

ペッピーノは、ちょっとすまして注文しました。

「あの、これがお部屋のカードです。９０８４号室の三人です」

食事を食べ終わると、テーブルに準備されていた6個のパンと、パック詰めのイチゴジャムを、バッグにそっとしのばせました。マリオの明日の朝ごはんです。

舵のかたちの時計が、9時15分を知らせると、三人そろってシアターへと急ぎました。豪華なつくりのシアターには、ディナーをすませたお客がぞくぞくと集まっていました。入口から、着かざったお母さんとおじいちゃんが、入ってくるのが見えました。

「まずい。1階に行こう」

「いちばん前なら、見つからないね」

今夜のショータイムは「マジックショー」です。

司会者が飛び出してきて、舞台にドライアイスの煙がたちこめると、怪しげな音楽が鳴りひびき、手品師「消し男」と、真っ赤なビキニの美女が飛び出してきました。

今夜の人気の出し物は、カギをかけた大金庫にとじこめられた美女を「消し男」がみごとに消してしまうマジックです。 

「さあて、お立ち合いー！」

「消し男」は、山高帽を持った右腕を、空を切りつつ3時の方角に向かって放るように投げ出し、腰を4時半の方向にかがめておじぎをしました。

黒シャツに、昆虫の足ふう黒タイツの男たちが四人で、青銅色の大金庫を重そうにひきずってきました。

「さあ、お立ち合い！」

もう一度言って「消し男」は、客席を物色しました。

「はい、そこのおぼっちゃま！」

マリオは、おもわず後ろをふりかえりました。

「はい、今うしろをふりかえったおぼっちゃまです」

「消し男」は右足を後ろに深く曲げ、白手袋をはめた右手を口にあて、うやうやしくさしだして、マリオに投げキスを送りました。

「みなさま、拍手をお願いいたします！　このかわいいおぼっちゃまに、大金庫にトリックがかくされていないことを証明していただきましょう」

音楽がじゃーん、と鳴ってマリオは舞台に引っ張りあげられました。

「さあ、おぼっちゃま。『消し男・ピアニッシモ』の金庫に、なんのインチキもないことを証明してください」

大金庫につっこまれたマリオは、まず四すみから調べはじめましたが、調べはじめたとたんに外に引っ張りだされました。

「さあて、愛らしいこのおぼっちゃまが、大金庫になんのトリックもないことを証明してくださいました。拍手をお願いいたしまあす！　ではおぼっちゃま、ありがとうございました」

耳まで真っ赤になったマリオが、舞台を下りて席まで戻ると「消し男」のショーがはじまりました。

美女が大金庫に入りました。

「消し男」が金庫の四すみにカギをかけ、おおげさな動作で呪文をかけて、ぱっと金庫のふたをあけました。と、ビキニの美女の姿はかき消すように消えていたのです。

大拍手の中、重々しくカーテンが閉まりはじめました。

そのときです。何か黒っぽいものが、舞台の右すそからころがるように走ってきました。ナズレです！

ナズレがカーテンの下にもぐると、閉まりかけたカーテンが、左右にするするとひらきました。

「ほー！」

ため息があがり、人々がどよめきました。

「あれはなんだ？」

「猫じゃないの？　おどろいた。カーテンのしかけをみやぶって口でくわえて開けたのよ」

観客は立ち上がって、ナズレに大きな拍手をおくりました。

なぜですって？　大金庫に入ったビキニの美女が床下を通りぬけ、大急ぎで上半身を床上に出したところを、昆虫タイツの男が二人で引っ張りあげようとしているのが丸見えになったからです。


ショーが終わったとたん、子どもたちは9デッキまでいっきにエレベーターで上りました。

「こっち！　９０８４号室よ」

長い廊下をいっきに走りました。

時間はゆっくりあるはずです。お母さんとおじいちゃんは、このあと、シマウマの皮バーに寄ってカクテルを飲むことをペッピーノは知っていました。

「やったね！」

三人はげらげら笑いながら、ベッドカバーを放り投げ、シーツと、かけぶとんの下のアッパーシーツもひきはがしました。

マリオが、シーツとアッパーシーツをつなげて、ところどころに足をかけるためのこぶをつくりました。

ペッピーノたちの9階の船室は、バルコニー付きの部屋でした。

このバルコニーから三メートルほど下にある屋根なしのデッキに、オレンジ色の救命ボートがずらりと並んでいました。

そこがマリオの今夜の寝場所でした。

シーツができあがると、みんなでベランダに出てシーツのはしをベランダの手すりに結び付けはじめました。

ところがそこで作業がとどこおりました。

手すりと、その下のガラスボードの間が思ったよりせまくて、シーツの端が通らないのです。

ペッピーノが、ふりむきました。

「モモプ。おじいちゃんの道具箱からとがったもの探してきて」

「うん」

　モモコは、おじいちゃんの道具箱からドライバーを取り出しました。

　おじいちゃんは、船のクラブ活動・アートクラブに参加して、木彫りの船づくりに挑戦していました。それで道具箱を持っていたのです。

　モモコからドライバーをひったくると、マリオはシーツの端をぎゅうぎゅうと手すりに押し込みました。

　ぶらんと、シーツが手すりからぶらさがりました。

「やったね」

「じゃ、マリオ。ぶらさがって！」

　マリオは、軽い気持ちで、ベランダの手すりに足をかけました。

　といっても、これは、今までの作業よりずっと大変でした。

　上から見るとすぐ下に見えた救命ボートでしたが、いざ、こういう姿勢になってみると、ボートはずっと下に見えて足ががくがくしてきます。

「何やってるの？　早く！」

廊下で足音がしました。

取っ手をまわす音が聞こえます。

「急いで！　ママの足音が聞こえるよ」

マリオは思い切ってシーツにぶらさがって下りはじめました。

そのとき、廊下で悲鳴が聞こえました。

半分ひらいたドアから、おじいちゃんの声が聞こえてきました。お母さんがころんだのです。

「だいじょうぶかね？　ヒールが高すぎるからだよ」

ドアがふたたび閉まりました。

その間に、ペッピーノとモモコは部屋に飛び込んで、ドキドキしながらベッドにもぐりこみました。

10　ナズレのさそい

アドリア海に朝日が昇ると、水先案内人が迎えにきて、豪華客船はジュデッカ運河を通りぬけて、ベネチアへと進んでいきます。あたりには、大小たくさんの島々があります。有名なサンマルコ広場も、リアルト橋も、サンタ・マリア聖堂も、アカデミア美術館も、みんなベネチア本島という大きな島の中にあるのです。

ネスリハンは「ゴンドラツアー」に参加する69名のお客を連れて客船を降り、ベネチア本島にいく快速ボートに乗っていました。

トルコ人グループのツアー客は全部で71名のはずでしたが、2名が上陸するのをやめました。

それはペッピーノとモモコでした。

ベネチアに上陸する日の朝、モモコは暗いうちから目をさましました。となりでは、ペッピーノがかるい寝息をたててねむっています。

モモコはひとりで起きだして、ベランダに出ました。

海原はいちめん光の洪水でした。

紫や、だいだいや、オレンジ色の雲が、まぶしく金色に輝いて、空全体が明るくなると、波のはしっこが、不思議なピンク色に染まっていきます。

ここちよい潮風がふきぬけ、波の音が、ざざあー、ざざーっとたえまなくひびきます。

船は大きな島のすぐそばを進んでいました。

あたりが明るくなるにつれ、ほの暗かった島影が色をとりもどし、入り江の、一本一本の松の茶色い幹までが、はっきりと見えるようになりました。

モモコは、風に吹き飛ばされる髪の毛を押さえて、手すりから下をのぞきました。

マリオがねむるオレンジ色の救命ボートが、朝もやの中でぼーっとかすんで見えました。

島を通り過ぎると、風はいっそう強くなりました。

船は、うねるような大波の中を進んでいきます。

次々におしよせる大きな波。そのあとにやってくるなめらかな波。大きな波にのると、船はぐーんともちあがり、くだりは、まるでジェットコースターです。

小さな波は、やさしく船を持ちあげて、ゆりかごのようにゆすってくれます。

モモコはこんな海を見るのははじめてでした。

パジャマだけしか着ていなかったので、すこし寒くなりました。

(そうだ！　ペッピーノを起こしてマリオのようすを見よう！)

そう思ったとき、どこかで猫の鳴く声がしました。

（あれ？）

モモコは手すりの間から下を見ました。

（あ、ナズレ……）

救命ボートのすきとおった天板の上にナズレがいました。

ナズレは、モモコをさそうように上を向いて鳴きました。

（何を言いたいの？）

ナズレは、ちょこっとかけだしてはモモコを見あげて、また、ちょこっと走りかけてみせます。

（どうしたの？　でも、下りられないのよ。ロープは落っこちてしまったし）

ナズレは、モモコが胸の中で言ったことがわかったように、救命ボートからピョンととびおりました。

さっきそうしたように、ちょこっとかけだしてはモモコを見あげて、また、ちょこっと走りかけてみせます。

と、思ったら、こんどは、上のデッキと下のデッキをつなぐ、雨落としの白いポールの下に行って、爪でかりかりと引っかいてみせました。

（だめ。下りられないよ）

そう思いながら下を見たモモコはおどろきました。救命ボートのすぐそばに、工事用の足場が組まれていたことに気がついたからです。

（ゆうべはたしかなかったのに……）

不思議に思いながら、モモコは白いポールを伝って下におり、足場の板にジャンプして、救命ボートのそばまで行きました。

モモコを認めるとナズレは走り出しました。

何台も並んでいる救命ボートの横を、走っては止まり、走っては止まりしながら走り続け、ドアが開けはなしてある非常階段から、中に飛び込んで、どんどん下りていきました。


一方、目を覚ましたペッピーノは、あわててお母さんにたずねていました。

「モモプ知らない？」

「トイレじゃないの？　今日はベネチアに上陸する日だから急がないと」

「わかってる！　モモプ、どこ行っちゃったのよ！」

ベランダに出たペッピーノは、はっとしました。

「そうだ。マリオは？」

手すりの柵をガンガンとたたきました。でも、なんの応答もありません。

「どうしたの？」

ペッピーノは「あっ」と叫んで口を押さえました。

パジャマ姿のモモコが、甲板のずっと向こうをちょこちょこ走っていくのが見えたからです。

「あっ、モモプ！」

ペッピーノは、急いで部屋に入ると廊下から飛び出しました。

長い廊下を船首に向かって走りました。

途中で、保安部の人に呼びとめられました。

「どこに行くんだね？」

「すみません。友だちを探しているんです」

「ああ、お友だち？　まさか保安室に捕まってる子じゃないだろうね？」

「捕まってる子？」

「イタリア人の男の子だよ。窃盗団の手先らしい」

「えっ、窃盗団？　それって泥棒なんですか？」

「そうだよ。宝石泥棒の一団だ。ゆうべ、シャリフさんから指輪が五つもなくなったって届けがあったんだ」

「シャリフさんてアラビア人の？」

「特別室の大富豪だよ。知ってるのかね？」

「いいえ、猫をいっぱい飼ってるっておじいちゃんから聞いただけ。でも、それってナズレじゃないんです。ナズレはマリオって子の猫なんですから」

　保安部の人は、笑いだしました。

「そろそろ部屋に戻りなさい。お母さんが心配してるよ」

「はい。でも、その子が捕まってる保安室ってどこなんですか？」

「この先だよ。でも、ここから先は立ち入り禁止区域だ。さあ、帰った、帰った！　朝ごはんの時間におくれるよ！」

「はい」

ペッピーノは、いったんそこからはなれて、保安室の人が立ちさるのを確かめました。それから、へさきに突き出した、立ち入り禁止の甲板まで下りていきました。

旗が立ち、カメラがあちこちを監視しています。人工衛星からの情報をキャッチするためのレーダーも備え付けられています。

ペッピーノは、カメみたいにごそごそ這って甲板を通りぬけました。

そこは、保安室の前のデッキでした。

高いところに丸窓が三つ並んでいます。

「あそこから中を見られるかな?」

あちこち見回したペッピーノは、いいことに気がつきました。窓の下に、機材を収納する白いコンテナーが備え付けてあったのです。

ペッピーノは、コンテナーから突き出している鉄棒にとびついて、はずみをつけて、コンテナーによじのぼりました。

頭をあげたとき、二つとなりのコンテナーの上で、何か動くものを見つけました。なんとそれは、ナズレとモモコだったのです。

モモコは、窓にはりつくようにして中をのぞいていました。

そのとなりでナズレが、芋虫みたいに体をのばして、モモコの後ろから同じように窓から中をのぞきこんでいたのです。

「モモプ！」

「あっ」

ナズレがその姿勢のままふりむいて「にゃーご」と鳴きました。

「入れて！」

ペッピーノは二人の間にごそごそと入りこみ、中をのぞきました。マリオの後ろ姿が見えました。テレビを見ながら、サンドイッチをほおばっています。

保安部のマミケーレさんは、携帯電話で何かを話し合っています。

「マリオ！　マリオ」

小声で叫んでガラス戸をたたくと、マミケーレさんが、音に気がついて、ちらっとこちらに顔を向けました。

三人は、あわてて頭をひっこめました。

「行こう！」

ナズレに導かれて、モモコとペッピーノは走りはじめました。

船底に近いところは、船員さんのための宿舎になっています。シアターの下と思われるある部屋の前まで来ると、ナズレは、走るのをやめ、爪でドアをひっかきました。

　と、顔をあぶくだらけにしたマミケーレさんが出てきました。ひげをそっていたところだったのです。

　マミケーレさんは、おどろきもせずにナズレを見て、
「やあ、お帰り！　出たり入ったり、いそがしいおネコちゃんだな。おーいマリオ、ナズレがお客さんを連れてきたよ」
　マミケーレさんは、タオルで顔の半分をふきながら、後ろ向きになって叫びました。
　ペッピーノはあっけにとられました。大人用のぶかぶかのパジャマを着たマリオが、めんどうくさそうに顔を出したからです。

「ああ、きみたちなんか用？」

ぶっきらぼうにマリオは言いました。

「なんか勘違いしているのと違う？　ぼく、捕まったけど、刑務所なんかに行かないよ。それよかぼく、新聞に載るんだよ。ね、おじさん！　そうだよね」

マミケーレさんは、うなずきました。

「うん。さっき、新聞社からメールが来たんだ。バーリに戻りしだい、新聞記者がインタビューしたいそうだ。『家をこわした9歳の子どもが、豪華船で密航か？』なんていう記事が書きたいんだろうね」

「そうだよ。ね、おじさん。ナズレも新聞に載るんだよね。だってナズレも密航したんだもん」

「さあ、どうだかね？」

おじさんは、服を着ながら肩をすくめました。

ベッドに飛び乗ると、マリオはパジャマをぬいで、ペッピーノにぶつけました。

「さっさと行きなペッピーノ。新聞に載れなくてくやしいかあ！」

「何よ、コンチキばか！」

ペッピーノがパジャマをぶつけ返しました。

マリオが受け取ってまた投げました。

モモコが、それをひろいあげて天井に放り投げました。

パジャマはランプにひっかかってぶらさがりました。

「いいかげんにしなさい」

マミケーレさんは、ランプにからまったパジャマをはずしながらまじめな顔をして言いました。

「マリオ。いい気になるなよ。まだわからないことがいっぱいあるんだからね。おじさんはおまえを一応信じてるけど、疑っている人たちもたくさんいる。こういう事件はよく起こるんだ」

「えっ、じゃあ、ぼく、まだ外に行けないの？」

「あたりまえだ。おまえは保安室から外には出られないよ。共犯者がおまえを見つけたらどうするんだ」

「おじさん、まだわかっていないんだなあ。共犯者なんていないいって！　ぼくもペッピーノたちといっしょに外に行きたいよ、ねえ、行かせてよ」

「ベネチアに着いたら、イタリア警察のサンブーカ警部補が乗り込んできて、船内の捜査をするそうだよ。それまでマリオの身柄はおじさんがあずかることになっている」

「そんなあ！　ひどいや。ぼくをおろしてよ。ベネチア見物に行きたいよ」

「じょうだんじゃない。もともと窃盗団と関係がないことがわかっても、おまえは船にとじこめられたまま、航路を一回りして、バーリの港に戻されるんだよ」

「ええっ？　そんなのやだ。やだ、やだ。ぜったいにいやだ。それじゃなんのために船に乗ったかわかんないよ」

ドタドタ足をふみならしたマリオは、窓枠で見物していたナズレを、捕まえてドタっと床に投げつけました。

「ギャア！」

悲鳴をあげて逃げ出そうとするナズレを、マリオはナズレバッグに押し込めてパジャマで口をしばりました。

マリオはペッピーノに向かって「いいっ！」と歯をむきだして、

「消えちゃいな！　モモプと二人で見物に行きな！　でも、ナズレはだめだよ。ナズレはここから出さない。ナズレはおれの猫なんだからな」

「あら、そうかしら？　ナズレが、バッグにオシッコしたらどうなんのよ。あんたがオモラシしたって思われるよ」

ペッピーノはマリオに向かっていくと、頭をガツンとぶんなぐりました。

すかさずモモプがとびかかって、柔道の大外がりでマリオを床に押し倒しました。

11　「ゴンドラツアー」を逃す

「まったくう！　マリオってひどいやつね」

ペッピーノとモモコは「ゴンドラツアー」に出発するトルコグループを探すために乗船口へと向かうことにしました。

ツアー客が集まるシマウマの皮バーにはだれの姿もなく、大きな掃除機がうなりをあげ、手すりみがきのおばさんがバケツやぞうきんを持って、のっしのっしと階段を上がってくるところでした。

ペッピーノたちを見かけると、おばさんはバケツを置いて、

「あら、お嬢ちゃんたち『ゴンドラツアー』の人たちは、とっくに出発しちゃったよ。もしもあんたがペッピーノだったら、お京さんのところに伝言があるそうよ」と、言いました。

「お京さんてだれですか?」

ペッピーノはたずねました。

「6デッキのツアーデスクにいる日本人よ。日本語が話せるから行ってごらん。ネスリハンが言うとおり、モモコはほんとにかわいい子だね」

おばさんは、二重あごにしわを寄せて、やさしい表情でモモコを見つめました。ペッピーノは、モモコのかわりにお礼を言いました。

「ありがとう、おばさん。でも、この子は日本語も話せないんです。つまりモモプは、声を出すことができないんです。そうだよねモモプ」

モモコは恥ずかしそうに「コクン!」と、うなずいただけです。

ペッピーノは、お姉さんらしい仕草でモモコの肩を抱いて、手すりみがきのおばさんに説明しました。

「わたしの従妹は、失語症になったんです。おばさん、失語症って知ってます？」

「さあね……よく知らないけど言葉が出ないって大変だね。おいで！　おばさんがおまじないをしてあげよう」

おばさんは、モモコの頭を両手ではさんで、じっと目をつぶりました。

「この子にセントポポロさまのご利益がありますように」

目を開けるとおばさんは、大きく息をつきました。

「わたしのおまじないはよくきくのよ。去年は、息子といっしょにサンチャゴまで巡礼に行ったの。そのうちきっと、この子の口から言葉が出てくるよ。じゃあ、安心してツアーデスクに行って、お京さんに伝言を聞きなさい」

「はい、わかりました」

ツアーデスクに行くと、お京さんがあわててカウンターから出てきました。ぶあついパンフレットをかかえています。

ペッピーノにパンフレットの束を渡すと、ほっとしたような笑いを見せました。

「よかったわ。やっと見つけた！　これ、お母さまからの頼まれものです」

「なんですか？」

「ゴンドラツアーから帰るまでに、これで夏休みの宿題をすませておくように、とおっしゃって……」

「えっ？」

「夏休みの自由研究よ。はい。これが資料のパンフです。研究課題は本船『アルペジオ号』の航路と、寄港地の歴史と文化。お母さまたち、ずっと待っていらしたんだけど、ネスリハンのたってのすすめで『ゴンドラツアー』に出発していかれました。わたしに宿題の監督を指名されて。さあ、あなたたち、図書室にまいりましょう」

お京さんは、ペッピーノとモモコを静かな図書館に連れていってくれました。

サンマルコ広場の桟橋には、大きな船は直接接岸することができません。

トルコツアーの69名は、ペッピーノたちを待つことができず、時間がくると、小型ボートに乗って期待の「ゴンドラツアー」にでかけたのです。

12 猫の世界の出来事

一行が再び乗船し、船がベネチアを出てから約4時間、「アルペジオ号」は進路を東南に向けてアドリア海を進んでいました。

クロアチアの海岸に近づくと、船は速度をゆるめました。

雲ひとつない夜でした。甲板で、一匹の猫が月光に照らされていました。

月夜の海で静かに物思いにふける毛並みの美しいトラ猫……。それはナズレという子猫でした。

ナズレは、月を見ながらお母さんや、ピノやルチアを思い出していました。トゥルッリの家や、オリーブ畑や、プッチロじいさんやマリアのことも思い出しました。

「今ごろどうしてるかなあ？」

それから、マリオのことを考えました。

「不思議だな」ナズレはつぶやきました。

「あんなやつのこと心配だなんて……」

いつも命令ばかりするマリオ。いばりんぼうのマリオ……。

それなのに、マリオがそばにいないとなんだかとってもさびしい気がしました。

「なんでかなあ?」

夜の風が吹きぬけると、お月さまがひときわ明るく輝きました。まるで魔法の夜のようです。

あたりは静まりかえり、船腹にあたる波の音だけが、ざぶーんざぶーんと聞こえてきます。

ナズレは、はっとしました。

「ばさり!」と、音を立てて、白い大きなかたまりが、上のほうから落ちてきたからです。

白い大きなかたまりは、そのままじっと身動きしないでうずくまっています。

「あ、なんだ?」

ナズレは、じっと闇を見すえました。

白いものは、体をゆらりとさせると、優雅に一歩足をふみだしました。

ナズレは、毛をさかだててみがまえました。

それは、今までに見たことがないほど大きな白い猫でした。

真っ白い毛をゆすぶりながら近づいてきた白猫は、ゆっくり立ち止まると、青く燃えるような瞳でナズレをじっと見すえました。

「月夜の晩に、若くて美しいオス猫が、いったいなんの悩みごと？　とっても絵になるながめだねえ」

白猫は、頭をそらし、急に口調を変えました。

「しかしおまえさん、わかっていないようだ。ここはわたしの縄ばりだよ。ここだけではない。船全体がわたしの縄ばりなのだ。そのわたしにあいさつせずに、勝手に船に乗り込むなんていったいどういうつもりなんだい？」

お腹の底からしぼりだすような、ひくいおそろしい声でした。ナズレは、あわてて体をふせ、服従の姿勢をとりました。

「す、すみません。ここがあなたの縄ばりだなんて、ぼく、ぜんぜん知らなかったんです」

「それなら顔をあげなさい。わたしは咎めているのではありません。ただ、この船に住む猫の社会には、ルールがあるということをわからせたかっただけなんだよ。おまえのことはすでに調査済みですよ。おまえは、マリオというイタリア人の少年の相棒で、許可証もなくバーリの港から船に乗った。そしておまえのルーツは、アルベロベッロの片田舎のしがない家系のトラネコ族。が、注目すべきは、おまえの特別な能力。つまり、わたしに匹敵する猫力（ネコヂカラ）の持ち主だということだ。わかるだろうね」

美しい白猫は、優雅に前足をそろえ、ナズレを見つめてこんな話をはじめました。

「おまえのルーツを調べた以上、わたしも名乗らせてもらいましょう。わたしの名前はシェラザード。高貴な生まれのペルシャ猫です。つまりペルシャ出身の貴族階級に属する猫ではありますが、故あって、今では、アラブの大富豪のアブ・シャリフさまにお仕えしています」

「アブ・シャリフ？」

「そうです。貧しいトラネコ族出身のおまえには想像できないかもしれないが……」

月光にまぶしく輝く太い尾をゆっさゆっさとふりながら、シェラザードは、気品にあふれる声で続けました。

「アブ・シャリフさまは、世界に名だたる石油王です。おやしきの庭から、年間一万バレルもの石油が噴出するのです。三年前に、この船に乗られたことからご縁ができて、今ではこの船会社の大株主にもなられました」

「へえっ？」

「トラネコ族のおまえには理解できないかもしれないが、とにかくすごい権力のある方だと思いなさい。おかげで、その飼い猫のわたしたちは、船じゅうで何をしても許される。夜、歩こうが、プールサイドで騒ごうが。思い出してごらん。おまえも思い当たるでしょう。おまえがバーリから乗船したおり、船員たちは、おまえの侵入を阻止するどころか、やさしく見守って受け入れたでしょう。それはなぜ？　おまえを、シャリフさまの息のかかった猫だと思いこんでいたからです。でも違う。おまえのご主人さまは、あの、マリオという男の子」

　ナズレはあわてて言い返しました。

「違います。マリオがご主人だなんてとんでもない。マリオはぼくの友だちです」

「いいえ。マリオはおまえの主人です。それが証拠に、おまえはマリオとだけ話ができるでしょう。猫とその主人は、生まれる前から水色の糸でつながっているのです。

いい主人にあたろうが、よくない主人にあたろうが、主人は主人。わたしたち猫の身分では宿命は変えられないのです」

シェラザードが、体を動かすたびに、金のネックレスの両端にぶらさがったダイヤモンドが、かすかな音をたてて鳴りました。

シェラザードは、ゆっくりとまばたきすると、美しい目をとじ、ふうっと長いため息をつきました。

「ナズレ。実を言うと、今夜はおまえに相談したいことがあって声をかけたのです」

「えっ、ぼくに相談？」

「ええ。いっしょに来てくれる？」

ナズレをうながすと、シェラザードは歩きはじめました。

13 猫間サロン

「こちらですよ、ナズレ」

シェラザードは、後ろ足のバネをきかせて、船のひさしに飛び乗りました。ナズレも続いて飛び乗りました。

屋根の下の突き出たひさしをしばらく歩きました。いくつか仕切りにぶつかりましたが、シェラザードはその度にうまく飛びこえて、白い尾をばさりとふってナズレに合図を送りました。

しばらくすると、ナズレも見覚えのある非常階段のところに出ました。甲板デッキ最後部の非常階段です。

「ここはいつも開いてるのよ。さあ、近道を行きましょう」

そう言いながらシェラザードは、ひらきかかったドアから、するりと体をすべりこませました。二匹は音もなく階段を上りました。

11デッキまで下りて、アブ・シャリフさんの特別室の前に立つと、シェラザードは後ろ足で立ち上がり、体をぐっと反りかえらせて、前足でドアノブをひっかきました。

ドアがひらいて、エプロン姿のメイドが顔を出しました。

「お帰りなさい、シェラザードさま」

メイドの声を聞きつけて何匹かの猫たちが集まってきました。

緑色の目のロシアンブルー。エジプトの女王さまも飼っていたアビシニアン。タイ王室の猫だったシャム猫。日本のミケ猫。むかし清教徒の、ネズミ捕り用の猫だったアメリカンショートヘア。

シェラザードは、それらの猫たちには目もくれず、黄金のふちの背当てと、真っ赤なビロードでできたカウチソファに飛び乗り、ナズレにそばに来るようにと前足で示しました。

「あのものたちなど放っておきなさい。たとえ家柄がよいとしても、ふつうの猫ですよ。おまえのような特別な猫力はありません」

シェラザードは、ナズレにアラブ風のクッションをすすめ、メイドにフィッシュミルクとまぐろごはんを持ってこさせました。

　ソファに体をうずめたシェラザードは、ときどき考えこみながら、ゆっくりと話しはじめました。

「ナズレ、さっきも言ったようにおまえにたずねたいことがあるのです。ナズレは、赤毛のネスリハンを知ってるでしょう。6ヶ国語が話せるトルコ人のガイドです。船旅の好きなアブ・シャリフさまは、もう何回も、ネスリハンのガイドで、海の旅をなさってます。「アルペジオ号」だけではありません。この船会社のいろんな船でいろんなところへでかけました。地中海はもとより、紅海。アラビア海。ギニヤ湾。ペルシャ湾。インド洋。ベンガル湾。バルチック海。大西洋に太平洋。カリブ海。メキシコ湾。南シナ海。日本海……」

「あの……」

　ナズレは、口をはさみました。

「海って、そんなにいっぱいあるんですか？」

「あります。海はひとつで世界中に広がっているけれど、それじゃどこの海だかわからないから、どこの海にも、それぞれにふさわしい名前がつけてあるのです」

「あの、そいじゃ、今、お船が浮いてる海は？」

「百パーセント、アドリア海です」

「アドリア海ってオタカナいますか？」

シェラザードは、あきれた！と言うようにナズレを見おろしました。

「まじめに話を聞きなさい。ええと、どこまで言ったっけ？」

「海の話です」

「そう。海の話でした。わたしもシャリフさまのお供をして、どれだけたくさんの海を渡ったか……。そして、ネスリハンを知り、彼女を尊敬するようになった。でも、声をかけたことはありません。わたしの主人はアブ・シャリフさまひとりですから……でも」

シェラザードは、ばさりと重そうにまつ毛をふせました。

「そのことで……。おまえに相談があるのです。わたしがこれから行おうとしていることが正しいことか、特別な能力のあるおまえに判断してもらいたいのです」

シェラザードが、耳をおおっている純白の毛をはらいのけると、きらりと何かが輝きました。ナズレは息をのみました。

「わあすごい！　ぴかぴかしてるのなんですか？」

「きれいでしょう。とても高価な宝石なのよ。わたしは、いろいろなところに宝石をつけています。わたしだけじゃない、シャリフさまの飼い猫はみんなダイヤの入った金の首輪をはめている。ご自分の指ときたら！　見るだけで重たくなっちゃう。ずらりと全部、指輪だらけなのよ。ハンコを押すときにも指輪をお使いになる」

シェラザードの声に力が入りました。

「わたしは、シャリフさまの第一の飼い猫であることを誇りに思わなくてはなりません。人間のメイドにかしずかれ、まわりの猫たちもわたしを敬愛してくれる。それはわたしがみんなの中でもいちばん美しくて、ご主人さまのお気に入りだからです。そうなのです。こんな待遇になんの不満があるものですか！」

シェラザードは、自分の言葉に納得しながらも、微妙な食い違いがあることに気がついて、続きを語りました。

「でもね、ナズレ。わたしはこのごろ、あるじであるシャリフさまの生き方を批判するようになってしまったのです。あんなにいい方だったシャリフさまが欲に目がくらまれて……ああ、嘆かわしい。このごろのシャリフさまときたら……ああ、悲しい。

わたしは、あの方のお心がわからなくなりました。シャリフさまは、あいかわらずわたしの主人でありながら、あの方とお話しすることがつらいのです。あの方と話をしようとすると、舌の根がこわばって息がつまってしまうのです。これはいったいどういうことでしょう？　わたしの心が、あの方からはなれようとしているのかしら？」

　夜がしらじらと明けました。シェラザードと別れたあと、ナズレはひとりで甲板に出て、彼女が話したことを思い出していました。

（シェラザードはすごいな。女王さまみたい。ぴかぴかの宝石。人間の召使い。真っ白な毛皮。でもね）

　ナズレは首をかしげました。

（でも、シェラザードはしあわせじゃないみたい。じゃ、お金持ちのシャリフさまは？）

　シェラザードは言いました。

「ある日わたしは気がついたの。ご主人さまが、さびしそうに海をながめていることに。掘れば庭から石油が出てくる。富にかこまれて申し分のない生活。でも、その一方でご主人さまはひとりぼっち。奥さまは亡くなった。お子さま方は国を出ていかれた。さびしさをまぎらわせるために旅に出る。宝石を集める。猫にお金をかける。そんな暮らし方にどんな意味があるかしら？」

シェラザードは、こうも言いました。

「月夜のデッキで、考え事をしているおまえを見て思ったの。（マリオのことが心配なんだな）って。それはそれでいい。だってマリオとおまえは水色の糸でつながっているんだもの。でも、ナズレ。猫とご主人さまの関係って、それだけでいいのかしら？ ときには、自分の心の中ものぞいてみることも必要だわ、わたしのような猫にならないためにも……」

ナズレは、ふと、われに返りました。そして思ったのです。

「シェラザードは、ぼくに何を言いたかったのかなあ？　ぼくに頼みたいことって何なんだろう？」

14　ドブロブニクで

船はゆっくりと進み、クロアチアの最南端にあるドブロブニクの港に着きました。

ペッピーノとモモコは、おじいちゃんやママといっしょに、ボーボークマちゃんを抱っこして、ツアーのバスに乗って古くからある街に行きました。

プラッツア通りはほんとうにすてきでした。

みがきをかけたような石だたみの道の両側には、潮風の香りがする貝殻細工や、手製のローソクやガラス製品を売るおみやげ店が並んでいます。絵はがきや、アロマオイルもいっぱいあります。

中に入ってのぞくだけでも、楽しくてなかなか外にでられません。

海のそばには、石造りの古い城壁がありました。ペッピーノとモモコは二人で城壁の上を歩きました。

城壁の端まで行くと、青いアドリア海と、白い壁にレンガ色の屋根の美しい街並みが両方見えるのです。

海は、きらきらとダイヤモンドをちりばめたように光っていました。白い船もたくさん浮いています。

「ほら、海だよ。見てごらん」

ボーボークマちゃんをさしあげて海を見せると、クマちゃんは、耳からぶらさがった何本ものこまかい三つ編みをぶらぶらさせて喜びました。

ペッピーノは、ふと思いました。

（マリオにも見せたいな）

そのとき、だれかがモモコの後ろから目かくしをしました。温かい、やわらかな手でした。

モモコは、それがだれだかすぐにわかりました。こんないたずらする人、それはネスリハンにきまってます。

「ボーボークマちゃん、こんにちは！」

ネスリハンは、おどけて言って、ずりおちそうになったメガネを押さえました。モモコは口を押さえて笑いました。ゆうべぐらぐらしていた糸切り歯がぬけたからです。

ネスリハンは、右手に持っていた旗をぴらぴらと動かしました。

「そろそろ行かないと！　集合時間よ。ペッピーノ、お母さんはどこ？」

「ローソク屋さんです。『キャンドル・キングダム』のローソクを、クリスマスディナーで使うんですって。でも、そのディナーには、大人だけしか行けないんです」

「そう！　じゃ、大人になるの、楽しみね」

ネスリハンは、海を見ながらおどけて言いました。

それには答えずペッピーノはたずねました。

「あのね、マリオはなんで悪い子なの？　ドロボーの手先なんかじゃないよね。どうして部屋から出られないの？」

腰をかがめたネスリハンは、旗を持った手で二人の子どもをかかえました。

「そうよね、わたしもペッピーノとおんなじよ。ドロボーの手先じゃないと思う」

「じゃ、どうして船から降りちゃいけないの？」

「それはね。ここはイタリアじゃなくてクロアチアだから。マリオはだまって船に乗ったでしょ。よその国に入るためには、パスポートという身分証に、入国を許可されたという証明がないとだめなの。いくらマミケーレさんが特別に計らってくれても、船から外に降りることは許されないの」

ペッピーノは、ネスリハンをじっと見つめました。

「だったらマリオは、イスタンブールに着いても降りられないの？　せっかく行くのに出られないの？」

「そうよ、このまま船に保護されて、バーリの港に戻されて、イタリアの警察に渡される」

「じゃ、ナズレは？」

ネスリハンは、くっくっと笑いをおさえました。

「猫にパスポートはいらないわ。ねえ、ペッピーノ。イスタンブールに帰ったら、ナズレをオルタキョイに連れていこうよ！」

「オルタキョイってどこ？」

「知らないの？　そうか、ペッピーノはアジア側に住んでるんだね。わたしの家はヨーロッパ側よ、オルタキョイの海辺に住んでるの。トルコはね、ボスポラス海峡っていう細長い海で、アジア側とヨーロッパ側に分かれてるの。イスタンブールはその両側にあるの」

「それは知ってるけど……」

ペッピーノは、不思議そうに聞きました。

「なんでそこにナズレを連れていきたいの？」

「だって、オルタキョイは、猫だらけの浜辺だからよ。ボスポラスの海の岸壁は、朝はやくから、魚釣りのおじさんたちでいっぱい！　だから猫がうじゃうじゃ集まってくるの。釣った魚をもらえるから」

「あ、そうか」

　ペッピーノは、少し元気になりました。

「わたしは、いっつも、おじいちゃんとイスティクラール通りに行くのよ。だってドンドルマ屋さんがおもしろいんだもん。船を降りたらモモプも連れていく。ね、モモプ！」

　モモコはうれしそうにうなずきました。

ドンドルマは、ぐーんとのびるアイスクリームです。

イスタンブールの盛り場、イスティクラール通りでは、ドンドルマおじさんが、名物のアイスクリームの店を出しています。

ゴムのようにのびるドンドルマを、右手でつかんで、びゅーん！と頭の上まで引っ張って、左手に持ったコーンに、いっきに、パシャッとつっこんで「はい！」と渡してくれます。

ところが受け取ろうとする瞬間にドンドルマ屋さんは、またまた、アイスクリームを頭の上まで持ちあげてしまうのです。

いつまでたってもドンドルマはお客の手には入りません。

ネスリハンの旗が海から吹く風にぱたぱたとなびきました。

さざなみが、とぷんとぷんとおしよせる静かな入り江です。

漁船も見えます。遊覧船も見えます。モーターボートも、ヨットも。一人乗りのカヌーも。小さなアヒルの舟も……。

いろんな国のいろんな色の髪の毛の人が集まっています。

黒い髪。茶色い髪。金色の髪。うす茶色の髪。黄色っぽい髪。グレーの髪。おじいちゃんみたいに、はげ頭に一本並べにした白い髪。

でも、ネスリハンのような赤い髪の毛の人は、めったにいません。

「あのね、ペッピーノ」

ネスリハンが、静かな声で言いました。

「マリオのことだけど、あの子をイスタンブールでおろしてあげる方法がひとつだけあるわ」

「えっ?」

ネスリハンは、ペッピーノの耳にひと言ふた言なにか、ささやきました。

ペッピーノの青い目がぱっと輝きました。

「わかった! それ、パパに相談してみる。イスタンブールに着いたらケイタイが使えるから……」

ペッピーノのパパは、イスタンブールにあるイタリア大使館に勤めています。大使館に頼めばマリオのイスタンブール上陸の許可がもらえるかもしれません。

海辺のレストランの大きな木のかげで、おじいちゃんは、コーヒーを飲みながら、ペッピーノたちを待っていました。

　ネスリハンを見ると、おじいちゃんは、礼儀正しく、足をそろえて立ち上がりました。

「ネスリハンさん。孫たちがおせわになりますな。この子の母親、ネルミンは、なにしろ買い物に夢中でして……」

「ええ、ええ……女性はみんなそうですわ。ネルミンさん、きのうベネチアで、ブランドもののバッグとサングラス、お買いになれたかしら？」

「はいはい、三つもぶらさげてきましたよ」

「そうですか。それはよかった！　明日はイオニア海に出て、ギリシャのカタコロンに入港します。『ギリシャの味ツアー』と『オリンピア遺跡とショッピングツアー』がありますけど、ネルミンさんはもちろんショッピングツアーですわね。カタコロンは小さい町ですけど、居心地のいいレストランがいっぱいあります。パブロさんは、遺跡はもうご存じでしょうから、海辺でゆっくりなさるとよろしいですね」

「はいはい。ネスリハンさんのおすすめには、なんでもしたがいますよ。はっはっは……」

笑ったとたん、おじいちゃんはまじめな顔に戻りました。

「ところでマリオのことですが、あなたはどう思われますか？　実はわたしは探偵だったのですが、マリオが窃盗団の手先だとはとても思えんのですが……」

「ええ、おっしゃるとおりです」ネスリハンはうなずきました。

「でもあの子が船に乗ってからというもの、おかしなことが起こっていることはたしかなんです。昨夜、シャリフさんから宝石の盗難届けがあったそうなんです。あさっては『ガラの日』ですし、お客さまに被害が出たら大変と、マミケーレさんは警戒を強めています」

15　シガールームの話し合い

その日の夜、7デッキのシガールームで、船長さんと保安部のマミケーレさん、ペッピーノのおじいちゃんの、パブロもと探偵、警備のためにベネチアから乗船しているイタリア警察のサンブーカ警部補、以上の四人が、マリオと怪しい事件について話し合いをしていました。

船長さんが、戸棚からキューバ製の高級葉巻を取り出して火をつけました。ここだけがおおっぴらにタバコがのめる部屋なのです。

船長さんは、煙を気持ちよさそうにはきだすと、話しはじめました。

「さて、みなさん、おいそがしいところ、お集まりいただきましてありがとうございます。えっほん！」ここでタバコの煙にむせました。むせおわると船長さんは続けました。

「えっほん！　さてご存じのように、マリオの一件は、マスコミを通じて、イタリア中に伝わってしまいました。アルベロベッロに住む9歳の男の子が、当船に乗り込んだばかりか、背後に怪しいやつらが関係しているかもしれないといううわさがたっているのです。うわさの根拠がどこにあるにせよ、この問題については慎重に討議しなければなりません。とりあえずマミケーレ君、これまでの事情をみなさんに説明してください」

「はい」

マミケーレさんは帽子に手をやっておじぎをしました。

「昨日の朝はやく、明け方の4時13分のことでした。メンテナンス部のテイングス君が、8089号室のベランダの救命ボートにひそんでいたマリオ少年を発見したのです」

「マミケーレさん、なぜそんな時刻に、メンテナンス係が、救命ボートの見回りをしてたんですか?」と、おじいちゃんが聞きました。

「それはこういう理由です」マミケーレさんは続けました。

「乗組員の避難訓練は、ひと航海に一度ありますが、毎回、午前11時ごろときまっております。ですから、前日の午後2時半には、全救命ボートの点検はすんでいたはずなのです。それなのに、明け方の4時11分。第4号の救命ボートの異常を知らせるサインが、保安部のコンピュータにうつりました」

「ほう……」

「昨日の朝はかなりの冷え込みでしたから、寒さに耐えられなくなったマリオ少年が、救命ボートの天板をこじあけて、中に入ろうとしたからではないかと見られています。天板は傷つき、近くでドライバーが発見されています」

「なるほど。ボートの傷はそのままにしてありますか？」

「はい。夜中に急きょ、簡易足場を組んでとりあえずの点検は終わらせました」

「それは結構です。しかし、そのことと、どろぼう事件とは、関係があるとは思われませんが……」と、おじいちゃん。

「はい。直接関係はありません。しかしバーリを出発してから、つまりマリオ少年が乗船してからというもの、船内で怪しい事件が起こりはじめたのです。マミケーレ君。こんどは、宝石事件についてお話ししてください」

「わかりました。これはまだ、第一級の機密事項なのですが」

マミケーレさんは、船長さんをちらっと見ました。

「昨日、船がベネチアを出発してしばらくたったころ、11デッキの特別室のアブ・シャリフ氏から宝石の盗難届けがありました」

「どんな宝石ですか？」

「それは大したものではないそうです。もちろん、それは『あの方にとって』と、いうことですが。問題はシャリフ氏が特別室の大金庫に保管している、大変な価値のある宝石です。その宝石がねらわれるのではないかと、シャリフ氏は警戒しておられるのです」

「マミケーレ君。ここからあとは、わたしが説明しよう」

船長さんは、おっほん！とせきばらいしました。

「シャリフ氏のことはもうご存じと思いますが、世界に名だたる石油王で、当、船会社の大株主です。おまけに船旅行が大好きで、この度のクルーズにも、五週たてつづけに乗船されています。シャリフ氏は三周目の週にはベネチアで下船、ミラノ経由でオルタ湖に浮かぶサン・ジュリオ島まで列車で行かれました。目的は静養ということでしたが、実はシャリフ氏の最大の関心事、宝石のコレクションだったのです」

「サン・ジュリオ島？　もしかして、その宝石は『砂漠の星』ではないでしょうな？」

おじいちゃんの目が光りました。

「よくご存じで……。さすが、もと探偵のパブロさんですな」

船長さんはおじいちゃんを見ました。おじいちゃんは、じろりとその目を見かえしました。

「あたりまえですよ。あの事件のときには、イラク博物館から頼まれて、調査のお手伝いにいったんですからな。『宝石コレクション』『サン・ジュリオ島』と聞いたとき、わたしのつるりとしたネズミ色の脳に、ぱっと光線が走ったのです」

「ほお、それはさすが、もと探偵のパブロさんですな」

「もとだけよけいですよ、船長さん。今でも70パーセントは現役のつもりです。それではみなさん、砂漠の星についてくわしく説明いたしましょう」

おじいちゃんの白いまゆ毛がぴくりと動きました。

「よろしいですか？　『砂漠の星』は、メソポタミア（ともうしますのは、今のイラクの南にあたりますが）の至宝（ともうしますのは、かけがえのない宝物）です。紀元前二六〇〇年ごろ、つまり今から五千年近くもの昔、メソポタミアのウル王国でつくられた、ラピスラズリをダイヤと金でとりまいた美しい宝石で、人類文明のあけぼのの地であるメソポタミアの遺跡から発掘されたすばらしい宝物なのです。

今から百年あまり前、メソポタミアでは重要な遺跡の発掘がさかんに行われたのですが、この宝石は発掘後、修復されて石の箱に入れられ、長い間、地元のイラクの博物館に大切に保管されていました。

ところが、二〇〇三年四月、イラク戦争が終わって、首都のバグダッドが陥落した直後の十日か十一日でしたか、どさくさにまぎれて二千点以上ものほかの文化財といっしょに、この宝石も略奪されてしまったのです」

「覚えています。あれはまったくショッキングな出来事でした。しかし『砂漠の星』については知りませんでした。パブロさん、もうすこしお話をうかがわせていただけますか？」

船長さんが言うと、みんなの目が、おじいちゃんに集中しました。

「ぬすまれた品々は、すべてではありませんが、メソポタミア文明の発掘物で、博物館の陳列棚に展示されていました。

しかし、問題の『砂漠の星』は『ウルの竪琴』などが保管されていた秘密の場所に別に保管されてあったのです」

「ちょっと待ってください。ウルの竪琴って、今、大英博物館が所蔵している、牛の頭がついた金のリラ（小さい竪琴）のことですか？」

「そうですよ、船長さん。ウルの竪琴は、ウル王墓のプ・アビ女王の墓から出土した金の牛の頭がかざられたすばらしい竪琴です。おっしゃるようにひとつは大英博物館が所有しています。あのあたりは、昔はヨーロッパの植民地でしたからね。メソポタミアのたくさんの宝物が、ヨーロッパのあちこちの国に持っていかれているのです。

しかし幸いなことにウルの竪琴は、金製のもの、銀製のものなど、複数のものが発掘されていたのです」

「複数のとは？」

「はっきりとわかるものだけでも4個。ひとつは大英博物館に。もうひとつは、さるアメリカの大学に。残るひとつ、あるいは、二つかもしれませんが、略奪後の今でも、イラクのある秘密の場所に保管されているのです」

「秘密の場所って？　パブロさん、ご存じなんですか？」

「はい」

おじいちゃんは、もったいぶってせきばらいをしました。

「もちろん、知っております。わたしは、略奪時の失われた遺物を調査する委員のひとりだったのですからな。しかしです。ウルの竪琴については、直接この事件に関係がありませんから、またの機会にお話ししましょう。長い話になりますからな。いかがですか、船長さん。とりあえず『砂漠の星』の謎にせまっていきましょう。それでよろしいですな？」

「はい、結構です。マスコミに騒がれる前に、まず、マリオの事件の真相を、船内でまとめておかなければなりませんからね」

船長さんは、一人ひとりの顔を順番に見ました。

「みなさん、それでは『砂漠の星』の話をうかがいましょう。まず第一にお聞きしたいことはパブロさん、その宝石がなぜイタリアのサン・ジュリオ島にあったのですか？」

「わかりません。ただ、ほかのいくつかの宝物が、サン・ジュリオ島で発見され、博物館に戻されたという情報はあるのです」

「えっ、博物館に戻ってきたものがあるのですね？」

「はい。たしかに。戻ってきたものもあるのです。しかしその状況はひどいものです。この略奪で二千点以上もの貴重な埋蔵物が失われました。そのうち戻ってきたものは、保管室にあった八百点と言われていますが、その中には、めちゃめちゃに破壊され、ほんの小さなカケラになってしまったものも含まれているので、喜ぶわけにはいかないのです。実際にはほとんどの宝物の行方がわからないのです」

空気が、しーんとなりました。人類文明のあけぼのの地であるメソポタミアの遺跡から出たかけがえのない宝物が、戦争がもとの略奪で、永遠に失われてしまったというのです。

16　シャリフさんの大金庫

「では、次にシャリフさんの大金庫について、保安部のマミケーレから話を聞きましょう。失礼」

船長さんが葉巻を消しました。

「では、キャプテン・マミケーレ。警備を警察に依頼されている特別室の大金庫について、くわしく説明してください」

「わかりました」

マミケーレさんは、帽子に手をあてて頭をさげました。

「ご存じのように、本船のふつうの部屋の金庫は、４文字から７文字までの数字の暗証番号で開け閉めすることができます。しかし、特別室の大金庫の暗証は複雑です。５ヶ国もの文字と４ヶ国の数字が組み合わされているからです。ヘブライ語・アラビア語・ギリシャ語・トルコ語・イタリア語。数字はもっと複雑で、古代エジプトの数字（10進法です）、ギリシャのアッテカ式数字（いまひとつイオニア式もありますが）中国の哲学的な数字（これは漢字の基に似ています）、それといちばん難解なのが日本の古代数字です。これを解読するには、日本から学者でも呼ばないかぎりむりでしょう」

「マミケーレさん、ひとつおたずねしたいが」

サンブーカ警部補が質問しました。

「そんなすごい金庫が、なぜ特別室にあったんですか？」

船長さんが答えました。

「シャリフさんがご自身で持ち込まれたのです。すべては『砂漠の星』と思われる宝石を守るために」

「でも、なぜマミケーレさんが、そんなにくわしくシャリフさんの金庫のことをご存じなんですか？」

マミケーレさんが答えました。

「わたしは、保安チームのキャプテンなんですよ。金庫のことをよく知らずに、お客さまの貴重品をお守りすることができるでしょうか？　実を言うと、わたしとシャリフさんとのお付き合いはとても長いのです。半年ほど前のことですが、わたしは、シャリフさんから、大金庫の製作を相談され、イタリア一の金庫づくりを紹介したのです」

「そうだったのですか。ではマミケーレさん、次の質問をしてもいいですか？」

サンブーカ警部補がするどい目つきでマミケーレさんを見ました。

「どうぞ！　わたしで答えられることならなんでも」

「今回、船がバーリを出発した夜、シアターでの出し物は、マジックショーでしたね？」

「ええ、『消し男』のピアニッシモの公演です」

「『消し男』は今も船に乗っていますか？　いつもなら、公演が終わるとすぐに船を降りて次の公演の場所に移るんですよね」

「はい、ほかの船でも公演をしていますから」

「今回にかぎって、船に乗り続けている。しかも『消し男』は、いつもは船底のいちばん安い部屋に泊まるのに、なぜかシャリフさんと同じ特別階に部屋をとっている。大金庫の宝物をねらっているということもありえますよね」

「でも……」とおじいちゃんが口をはさみました。

『消し男』が特別階に泊まっているのは、ほかの部屋に空きがないからということも考えられます。船に乗り続けているということは、ほかの船の公演がなかったということも考えられる。むしろこの場合、犯人をしぼるなら大金庫を開けられるだけの技量を持った人を探すべきでしょう」

サンブーカ警部補がすぐに反論しました。

「しかしパブロさん。本部に連絡して調べてもらったのですが『消し男』には前科があります」

「どんな?」船長さんが体をのりだしました。

「みなさん、日本という国をご存じでしょうね。その国の西に位置する東都というところに西宝院という宝物殿があるのですが、そこの北蔵に古代のペルシャでつくられた、小さな花びらを頭にいただいた女の子の立像が保管されていたのです。

ところが、八年ぐらい前のことです。西宝院の宝物が一般に公開されてから、西宝院に戻すまでの間、ある建物に厳重に保管されていたこの立像がねらわれるという事件が起こりました」

「それと『消し男』がなんか関係が？」

「ありますとも。当時『消し男』は日本に滞在中で、たまたま西宝院の近くで公演中だったのですが、この機会に立像をぬすもうと、その建物に侵入したのです。ところが、非常ベルが作動して、出口のところであえなく御用となったわけです」

「そんな事件が？　それは初耳です」

船長さんは、きびしい表情でマミケーレさんに命令しました。

「そんな男を雇うとは。さっそくエンターテイメント部のキャプテンに、芸人の前歴の調査はもっと慎重に行うように言いなさい。同時に保安チームでは、それと気づかれないように『消し男』を厳重に監視するように。サンブーカ警部補ももちろん協力していただけますね」

考え込んでいたおじいちゃんが、マミケーレさんに質問しました。

「先ほどお聞きした、シャリフさんの大金庫の開け方ですが、5ヶ国の文字、古代数字の組み合わせとおっしゃいましたね。だとすると、いくら暗証がわかっていても、5ヶ国語に通じ、そのうえ、古代の数字にもくわしい、かなりの専門家でないと開けることはできないということになりますね？」

「そうです」マミケーレさんが何か思い当たったかのようにうなずきました。

「そういえば……妙なことを思い出しました。シャリフさんが、バーリ港に降り、再乗船されたときに、やけに大きな道具箱をかついだ男を連れておられました。あとからその男についてシャリフさんにお聞きしますと『バーリには、腕のいい細工職人がたくさんいるんだよ』と、ひとことおっしゃり、あとは言葉をにごされました。わたしの推測ですが、ひょっとしてシャリフさまは、金庫開けの名人を連れて乗船されたのではないのでしょうか？」

「ふーむ」

腕を組みなおしておじいちゃんがつぶやきました。

「ひょっとしたら、何かの理由で、金庫を開ける必要ができたのかもしれませんな」

17　チロが見た！

話し合いは、次の日、船がギリシャのカタコロンに入港するとすぐからはじめられました。ほとんどの乗客が上陸したので、船はがらんと静まりかえっています。

　長い廊下のあちこちに、掃除用具を入れたワゴンがとめられ、メイドさんが部屋の掃除をはじめました。

　今日の話し合いは図書室で行われました。

　ペッピーノはモモコと二人で、話し合いに参加するように言われました。

　マリオのことをいちばんよく知っているのはこの二人です。

　ペッピーノとモモコが、部屋に入るとき、どこからか現れたナズレがするりとドアをかけぬけました。

「あ、ナズレ！」

　ナズレは窓枠に飛び乗って、のんきに毛づくろいをはじめました。

　乗船係や、コックさんまでが、次々に参考人として呼ばれました。

　手すりみがきのおばさんも、カフェテリアのお兄さんも、レセプションの相談係も、診療所の先生や看護師さんもが呼ばれました。診療所の先生は、マリオの腕のかすり傷の手当てをしたからです。

　エンターテイメント部のキャプテンはもちろん「消し男」本人も呼ばれました。

でも、だれからも重要な手がかりを得ることはできませんでした。

そういった中で、診療所の先生の後に呼ばれた、船荷の搬入係のチロの話は、みんなの興味をひきました。

チロは、おどおどしたようすで部屋に入ってくると、上目づかいにあたりを見回し、太いお腹からずりさがったジーンズを引っ張りあげました。

それから大きく息をのみこんで、立ったままで話しだしました。

「あっしは、荷物の搬入係のチロともうします。本日は、知り合いのサンブーカ警部補のたってのおねげえのため、昨日、ベネチアのサンマルコ広場で見たことをお伝えしやす。なに、あっしは、ベネチアの港から乗客のための食料品として、パスタ二三五〇キログラム。ミックスベジタブル七五〇〇キログラム。たまねぎ五〇〇キログ

ラム。鶏肉三一〇〇キログラム。冷凍肉三四五〇キログラム。冷凍魚八三〇〇キログラム。野菜……」

「チロさん、食料品の購入についての報告ではないでしょう。あなたが見た!と、さっきわたしに教えてくれた、あの光景のことを話してください」と、サンブーカ警部補が注意しました。チロはていねいに頭をさげました。

「へい。あっしはベネチアから食料品を積み終わった後、乗船口のそばで、いつものようにサンマルコ広場の海岸を見ていました。

あそこは、実におもしろいところでやす。大潮の日には、広場に海水がおしよせて洪水のようになって、なんもかもがびしょぬれになるんです。

広場の店の人たちは観光客が歩けるように、スノコみたいなものを敷くのに、おおわらわなんでさ。

もちろん、あっしは見てるだけじゃござんせん。時間があるときにはちゃーんと手つでえやす。しかし大体は時間がないんでやす。けど、おどろかないでくださいよ。そんな日でもハトは、いつもと同じようにのどかな顔をして、馬の銅像の頭とかにいっぱい止まってます。

なんでって言うと、かれらは飛べますからね。洪水なんざ、へでもないんでやす

……それに……」

「チロさん、はやく本題に入ってください！」

サンブーカ警部補がまた注意しました。

「えーと、どこまで言いましたっけ？」

「それに……。です」

「ああ、そうでした。それに、ハトは洪水で困らないだけじゃござんせん。ハトはすごい生き物でやす。なんでって言うと、自分で餌を探さなくても、一日中、いや、一年中、仕事もしないで食っていけるんです。みんなが好んで豆をまきますからね。そんでもって豆売りのおばさんの暮らしが成り立つんでやすから。ハトも大したもんじゃござんせんか？」

「チロ！　さっき話したことをみなさんにお伝えするんだ」

サンブーカ警部補が、目をさんかくにしてどなりました。

「へい、もうしあげます。しかし、物事には前置きってやつが意外と必要なんでやんすよ。えっとです。あっしが、港の乗船口でハトをながめてますと、おどろくじゃあ

りませんか。ネスリハンさんが、怪しい人と話をしてるじゃござんせんか！」

「ネスリハンが怪しい人と取引ですね。怪しい人ってだれなんです？」

サンブーカ警部補が、体をのりだしました。

「怪しいやつらというのは、いつもあそこにたむろしている、偽ブランドのバッグをいくつも肩からぶらさげて、観光客に売りつけている顔の黒い外国人の労働者でやすよ」

マミケーレさんが口をはさみました。

「ちょっと待ってください、ネスリハンが、アフリカから出稼ぎにきている人たちと取引をしているのを見た……なるほどね。でも、あなたは港の乗船口にいたんでしょう？　そんなに遠くから見て、その人がネスリハンだとなぜわかったんですか？　第一、あなたはネスリハンを知ってるんですか？」

「いえ、知ってるってほどじゃないですが、あの方は何度も、この船のツアーガイドを勧めてますからね。それにあれほど赤い髪の毛の女はめったにいません」

「ふーむ」

「ネスリハンさんは体をかがめて、そいつらに何か手渡していやした。そいつらというか、まわりでうろうろしている悪童どもにでやす」

「悪童どもとはだれのことですか？」

「観光客にいろんなものを売りつける孤児のガキたちです。いつもあのへんにたむろしてます」

「それで？　手渡していたというのは何だったかわかりましたか？」

「はい。はっきりとわかりました。あれは宝石でやす。ネスリハンさんは、袋から何かを取り出して、ガキどもに渡してやした。夕陽が当たったとき、何かがぴかっと光ったんでやす」

「まさか！」

どよめきが起こりました。

「何を言いたいんだね、君は……」

おじいちゃんがとまどったように言うと、サンブーカ警部補が、すかさずマミケーレさんにたずねました。

「そういえばネスリハンという人は6ヶ国語が話せるんでしたね」

「ええ、トルコ語にはじまって、イタリア語、ドイツ語、フランス語、アラビア語、もうひとつ、なんでしたっけ？　あ、日本語でした。彼女は若いころ、ヌ・ジー・オーのボランティア活動をしていたときに、日本の文化庁に研修生として招かれた経験があるんです」

「ということは、大金庫の解読に必要な日本の古代数字にくわしい学者を知っている可能性もあるというわけだ」

サンブーカ警部補は、何かかぎつけた、というように、小型パソコンに文字をうちこみはじめました。

マミケーレさんは、やれやれ、と、肩をすくめました。

「サンブーカ警部補、それは考えすぎです。ネスリハンの性格からいって、彼女がそんな犯罪に関係するなんてありえません。パブロさん、あなたはどう思われますか？」

「はいはい。それはまたのちほどネスリハンたちが、船に戻ってきてからのお楽しみにしてここらで休憩をとりましょう。わたしはこれから、13デッキのトルコバスに入って、そのあと、バリ島出身のミス・カトレアからバリ式マッサージを受けることにいたしましょう。年をとるとふしぶしが痛みましてね。そのあとは船長さん、イルグロッポワインバーでチェスなどいかがですか？」

「パブロさん、それは魅力あるおさそいですが、わたしは船長室に戻らなくてはなりません。では、失礼！　あ、マミケーレ君」

ドアノブを右手でつかんだまま、船長さんはふりむきました。

「ネスリハンは、今日もツアー客のガイドに行ったのかね？」

マミケーレさんのかわりに答えたのはおじいちゃんでした。

「はいはい船長さん。今日も68名のトルコツアーをひきいて、カタコロンのオリンピックの発祥地に行ってますよ」

18　モモコの証言

トルコツアーのお客が、カタコロン観光から船に戻ってきたのは、午後4時すぎでした。

お母さんが帰るとすぐに、おじいちゃんから呼び出しがありました。

「ネルミンや、急いで図書室まで来ておくれ」

部屋に入ったとたん、お母さんは「あら、これどういうこと？」と思いました。サンブーカ警部補とおじいちゃんがけわしい表情でにらみあっていたからです。

そばでマミケーレさんが、びんぼうゆすりをしていました。

船長さんは、親指と人さし指で、きれいに刈り込んだ白いくちひげを縄でもなうようによじっています。

窓の下の水色のいすに、汗ばんだシャツを着た太った男が座っていました。荷物の搬入係のチロでした。

おじいちゃんは立ち上がって、お母さんをかたわらのいすに座らせました。

「では、ネルミンに聞いてみましょう」

おじいちゃんは、やさしい灰色の瞳で、お母さんを見ました。

「ネルミンや、おまえはベネチアで何を買ったんだね？」

「バッグ三つとサングラスですわ」

「どこで買ったんだね？」

「エルメスとグッチとアルマーニのお店です」

「ほんとうにそこのお店かね？」

「ええ……」と答えながらお母さんは真っ赤になりました。アップにした白い首すじまでもが、ほんのり赤くそまったのです。

おじいちゃんは、とても静かにたずねました。

「もしかして、サンマルコ広場で、偽物のバッグを買ったのではないだろうね？」

「いえ、そんな！　ひどいわ、お父さま、わたしはちゃんとしたお店で……お父さまったらどういう気？　わたしに恥をかかせたいんですか？」

「いやいや、そんなつもりはもうとうないが……もしかして、サンマルコ広場でネスリハンを見なかったかと……」

「ネスリハン？」

お母さんは、はっとしたように口に手をあてました。おじいちゃんが、チロを指しました。

「あのチロという男が、ネスリハンが広場の孤児たちに、宝石を渡しているのを見たというんだよ」

「宝石？　宝石って、ぬすまれたという宝石のことですか？　まさか？」

お母さんは、大きな青い目をさらに大きく見ひらいてじゅんぐりにみんなを見ました。

おじいちゃんは、すかさずお母さんにたずねました。

「ネルミンや、くわしいことを話しておくれ。ネスリハンが疑われているんだよ」

「わかりました。ネスリハンのためになるなら全部お話しします」

お母さんは決心したようにうなずきました。

「わたしは船から降りるとすぐに、ネスリハンに教えてもらったブランド通りに行ってエルメスのお店を探しました。ウインドウには、わたしが前からほしかった黒いエナメルの大きなショルダーバッグがかざってありました。わたしはどきどきしながら、お店の方にお値段を聞きました。だって、正札なんてないんですもの。そしたらそれは、ほんとうにお高かったんです。とても買える値段じゃありませんわ。

それからまた、しばらくブランドもののバッグのお店をあちこち見て歩きました。けっきょく、3時間も見てしまったんです。でもひとつも買うことはできませんでした。がっかりしながらサンマルコ広場に戻りました。

すると、偽ブランドのショルダーバッグを10個も肩からぶら下げた男たちが、三人、乗船口の近くの浜に走ってやってきました。まわりにたくさんの女性がむらがっていました。数が少ないので、買うのは早い者勝ちなんです。男たちは急いでいました。だって、偽ブランドの品物を売ることはかたく禁じられています。買うことだって、いけないことなんです。でも、わたしは誘惑に勝つことができませんでした。なぜって男がぶらさげているショルダーバッグの中に、さっき、エルメスの店で見た黒エナメルと、うり二つのものがあったからです。

　バッグを手にとってよく見てみました。何から何までよくできた品物でした。ほんとうに刻印までがそっくりなんです。値段を聞くと120ユーロでした。わたしは、思わず買ってしまいました。すると、男は、あと二つバッグをさしだして言いました。グッチとアルマーニです。二つで100ユーロでいいよ、と言うのです。急いでお金をはらいました。男たちのバッグはすぐに売り切れて、かれらは、走ってどこかに消えました。そのとき、ネスリハンがいることに気がつき、わたしはあわてて、テントのお店のかげにかくれました。偽物のバッグを買ったなんて思われたら最低です」

「それで？　そこであなたは何を見たんです？　ネスリハンが、悪者の手先をしている孤児たちに何かを渡していた。たとえば宝石を……」

警部補はするどい目つきでお母さんをうながしました。

お母さんは目をふせました。

「ええ、たしかに。はい。たしかに何かを見ました。夕日に何かがぴかっと光りました。わたしは何かしら？と不思議に思ったので覚えているのです。でも宝石かどうかは……」

サンブーカ警部補は、勝ち誇ったようにまわりを見回しました。

「みなさん。これが現実です。チロの言うことに間違いはないでしょう。ネスリハンとサンマルコ広場の偽物売りの一味とは、何か関係があると思われます」

おじいちゃんが、ふっとため息をもらしました。

そのときでした。モモコが、ばね人形のように立ち上がったのです。

「違います」

ペッピーノもおじいちゃんも目を見張りました。

話せないはずのモモコが、何かを話そうとしているのです。

「何を言いたいの？」

お母さんは、モモコをしっかりと抱きしめました。

お母さんの手をぎゅっとにぎりしめ、モモコは、ひとことずつ、くぎって何かを話しはじめました。

モモコの、ささやくような声に耳をかたむけ、何度も確かめながらお母さんはみんなに説明しました。

「モモコは、ネスリハンが孤児たちに渡していたのは、宝石でなくてお金だと言っています」

「なに、お金？　お金を孤児どもに渡していたというのですか？」

「はい。この子は、ネスリハンが、水色の袋からお金を出して子どもたちのポケットに入れてあげたと言っています。そういえばわたし、今、思い出しました」

お母さんは小さな笑い声をたてました。

「はっきりと覚えています。特徴のある袋ですから。それは彼女が、いつも乗客からチップとしてもらうお金を入れている水色の袋ですわ。袋の先は、ひもでしばるかたちになっていて、ひもの先端には、キラキラ光る大きな星が二つついています」

「大きな星ですか？」

「ええ、模造品のダイヤが光るすごく大きな星です。ネスリハンは、お客からチップをもらうと、その袋に入れていました。そうなんだわ。ネスリハンは、チップを貯めて、広場の孤児たちにあげていた。きっとそうです。あの状況から推測すると、これが一回めではないでしょう。きっと何度も。そう……ネスリハンは、ベネチアに来るたびに、孤児たちにツアー中に貯めていたチップをあげていたに違いありません」

お母さんは、顔いっぱいに笑みを浮かべて、サンブーカ警部補を見上げました。

「しかし……」

おじいちゃんは困ったように口ごもりながら、

「モモコはあの日、サンマルコ広場には行かなかったんじゃないかな？」

「そういえば……」

お母さんは、足ががくがくするほどショックを受けました。

「ゴンドラツアー」への出発のとき、モモコとペッピーノを、小型ボートに乗る時間ぎりぎりまで、待ち続けたお母さんです。

そのモモコがサンマルコ広場で、ネスリハンを見かけたなんて、まさか、モモコがうそを……。お母さんはやさしく聞きなおしました。

「ほんとうのことを話してね。モモプは、お船に残ってたでしょ。サンマルコ広場には行ってないよね」

「でも行ったのよ、おばちゃん」

モモコは、しっかりとした声で答え、ベネチアについた日の午後、起こった不思議な出来事を話しはじめました。

ペッピーノが、宿題を夢中になってやっていたとき、モモコは窓から外をながめていました。

夕ぐれを迎えた海。空はあかね色に燃えていました。

「あのときの夕焼けだ。おぼえてるよ」

モモコは、ふいに悲しくなりました。

ママと並んで見た日本の夕焼け……モモコの背より大きな波が、ザブーン、ザブーンと、大岩を洗っていました。

モモコはまだ3歳でした。

強い潮風が吹き、大きな白波がくだけ、飛ばされそうになりながら、モモコは砂山をつくって遊んでいました。

「そろそろおうちに帰ろうね」

だれかが、がっしりとした腕でモモコを抱いて、砂浜をどっしどっしと歩きました。

「ねえ、ちょっと寒いんじゃないか？　この子、肩が冷たくなっているよ」

「ほんと！　夢中になって遊んでたから……」

やさしい手がモモコを抱きしめ、ぬれた体にやわらかなタオルがかけられました。

あのころはパパがいて、ママがいて、モモコがいたのです。

その日の帰り道でした。高速道路を逆走してきた飲酒運転の車と衝突して、パパとママが一度に天国に行ってしまったのです。

モモコが思い出したのは、それだけです。

モモコは、ふと、船から降りてみたくなりました。

夕焼けの向こうにママの姿がひろがっていました。

ノートに何か書きこんでいるペッピーノからはなれて、モモコは静かにドアを開け、昇降口に下りていきました。

新聞社の旗をなびかせたボートが、波打ち際にとまっていました。

おじさんが、ノートパソコンのキーボードを夢中になってたたいています。モモコは、そっと後ろにまわり、荷物のかげにうずくまりました。

軽いエンジン音をたてて、ボートは波の上を走り、サンマルコ広場の波止場でとまりました。

広場に降りたったモモコは、赤い髪の毛のネスリハンを見つけました。そばにネルミンおばちゃんがいました。

砂浜に楽しいお店がいっぱい並んでいました。

舞踏会で使うきらきらした仮面や、色とりどりのスカーフ。麦わら帽子や、ドラえもんのゲーム。

おばちゃん、声をかけようと思ったモモコは、ふと立ち止まりました。

なぜかおばちゃんが、ネスリハンを避けるようにして、出店のかげにかくれていたからです。

モモコは、おばちゃんに見つからないように、じっとそのようすを見守りました。

モモコが話したことを、その場にいた人たちみんなに、きちんと伝えたあと、ペッピーノのお母さんは何か思い当たったように「ああ、そうだわ！」と、おじいちゃんを見ました。

「お父さま、そういえばわたしたちが船に戻ったとき、こんな放送がありましたわ。『サンマルコ広場で保護した女の子が、本船に連れて帰ったとたんに逃げ出しました。お心当たりの方はお知らせください』って。覚えています？　あれは、モモプのことだったのね」

「なあるほどね」

おじいちゃんは、いたずらっぽい目でモモコを見て、

「いつもペッピーノが言ってるぞ。モモプとナズレは、すぐに行方不明になるって。どうやらこれは、ほんとのことらしいな」

モモコは、何も言わずにうれしそうに笑っています。

19 なりゆき

次の寄港地イズミールは、ギリシャから国が変わって、ペッピーノたちが暮らしているトルコ共和国にあります。

海の名前も、イオニア海からエーゲ海へと変わっていきます。

イズミールは、エーゲ海の貿易の中心都市として昔から栄えたところで、この船のツアーとしては、エフェソス観光と市内観光がありました。

エフェソスは五千年以上もの歴史をもつ遺跡ですが、ローマ時代にもっとも栄えたと言われています。

2世紀のローマ皇帝・ハドリアヌスにささげられた神殿や、ヘラクレスの門や、聖母マリアがエルサレムから逃げてかくれたという聖母マリアの家や、円形劇場や、泉の遺跡ほか、たくさんの見どころがあります。いちいち見ていたらいつまでたっても見終わらないでしょう。

乗客たちは、早めに船をはなれ、3時までに船に戻りました。ペッピーノやモモコのように、次の寄港地であるイスタンブールから一週間前に乗船した人たちは、船から降りるすべての準備を今夜じゅうにしておかなければなりません。

それに、クルーズ中にひらかれるビッグイベント・船長主催のカクテルパーティー「ガラ」が夕方5時45分からあるのです。

みんな、わくわくしながらその時を待っていました。

お母さんたちといっしょに「イズミール見物」に行ったペッピーノとモモコは、早めに船に戻って、マリオに会うために保安室に行きました。

ガラのために、ペッピーノとモモコは、銀色のカチューシャで髪を留め、色違いの水色とピンクのオーガンジーのドレスを着ています。

「やあ、おじょうさんたち、マミケーレさんから話は聞いているよ」

守衛のおじさんが、にこにこ笑って二人を中に入れてくれました。

ペッピーノは、マリオに、昨日の話し合いでの出来事を話しました。

床に座り込んだマリオは、足を投げだしえらそうに腕を組みました。

「わかる？　世の中って偶然の連続なんだよ。おれとナズレが船に乗ったのも偶然。

ペッピーノやモモコと知り合ったのも偶然。ナズレが、ドすごい猫のシェラザードと知り合ったのも偶然。そうだな。セントポポロさまが、おれたちを光で照らしてるんだよ」

「マリオ。セントポポロさまとか、ドすごい猫のシェラザードって何？」

「ポポロさまは、ぼくの村のご聖人さまだ。ドすごい猫とはアブ・シャリフさんところのドでかいペルシャ猫だ」

「そんなの初耳」

「きまってるよ。この話は、ナズレから聞いた話だからな。ナズレの飼い主であるマリオさまにしか、わからないのだ！」

「またあ！　いばらないで話しなさいよ」

「だから、話しているじゃんか！　これからシェラザードやナズレといっしょに、シャリフさんを改心させるための作戦を練るのだ」

「もうっ！　さっぱりわかんない。それにこの足、ください！」

ペッピーノは、床に長々とのばしたマリオの足を、けとばしました。

ナズレは幅の広い窓枠の上で毛づくろいをしながら、人間たちの話にぬけ目なく耳をかたむけていました。

「じゃ、そろそろネスリハンのところに行こう！　おじさん、行っていいでしょう？」

「もちろんだよ。この船から降りさえしなきゃ、マリオは自由さ」

「きまってるよ。ぼく悪党の仲間なんかじゃないんだもんね」

「は、は、は……」

守衛のおじさんは、パチンと目くばせして、うやうやしくドアを開けました。

一方、ツアーから戻ったネスリハンは、船底にある小部屋に戻り、イスタンブールの会社に仕事上のメールを送り、時計を見ました。

「あ、大変。もう5時だ」

シャワーを浴びていると、ドアがガンガン鳴りました。

「待ってえ！　マリオから計画聞いたわ」

飛び込んできた子どもたちに、ネスリハンは、

「すっごくいいアイディアだと思う。じゃ、手伝って」

と言って、くるくる巻いた長いカーリーヘアを、いつもよりずっと大きく広がるようにふくらましました。

「ねえ、みなさん、これでどう？　ピアス、かくれるかしら？」

ネスリハンが後ろ向きになってたずねると、ロッカーの上にいたナズレが、満足そうに「にゃーごん」と答えました。

ネスリハンのベッドに、長々とねそべっていたシェラザードも弱よわしい声でしたが「にゃーごっす」とうなずきました。

かく言うシェラザードの耳は赤くふくれあがり、熱をもち、苦しそうに息をするたびにお腹の白い毛がゆれ動きます。

「かわいそうに……」

ペッピーノたちが、タオルを氷水ですすいでは、シェラザードの耳にあてました。

「じゃ、そろそろ本番といくか！」

ネスリハンは、バスローブをさらりとぬいで、お客さんからもらった黒いイブニングドレスに着替えました。

それから、緊張したおももちで、鏡とにらめっこしながら、念入りにピアスをはめようとしました。

「だめ！　ピアスが大きすぎてなかなか入らない」

「おばちゃん、ぼくにやらせて！」

マリオが風船のようにふくらんだネスリハンの髪をかきわけ、大きなピアスをネスリハンの左耳のピアスホールにつっこみました。

「あいた！　思いきってやってくれたもんだわ。マリオ、でもありがとう！」

ネスリハンは、痛さに顔をしかめながら、何度も頭をゆさぶってドレッサーをのぞきました
一方シャリフさんは、バーリ港からいっしょに船に乗り込んだ、金庫開けの名人のおじさんに、頭からぽっぽと湯気をたてながら命令していました。

「シェラザードを探せ。いっこくも早く彼女を探しだせ。さもないとおまえは首だ！」

20 「ガラ」パーティー

ガラの日のパーティーの会場は、大勢の人が集まるので、シマウマの皮バーだけでは足りず、次の部屋も、そのまた次の部屋も使われます。

船長さんにとって、ガラの日は「なければいいのに」と思うぐらい大変な日です。この日、船長さんは、船長さんと記念撮影をしたい人たち全員と写真を撮らなければならないからです。そして船長さんとの記念撮影を希望する人は、二千人以上もいるのです。

撮影はこの船のカメラマンだけに許されていて、携帯で勝手に写そうと思ってもそうはいきません。撮られた写真は、7デッキにあるフォトショップでかなりの値段で販売されるので、無料で写すわけにはいかないのです。

ネスリハンと子どもたちが「ガラ」のパーティー会場に着くと、アブ・シャリフさんがおろおろしながら、テーブルにもぐりこんだり、いすをどけたりして、何かを探していました。

「こんばんは！　シャリフさま、何をお探しですの？」

ネスリハンが聞くとシャリフさんは、心配(しんぱい)そうにかすれ声で答えました。

「シェラザードがゆうべから行方不明(ゆくえふめい)なんじゃよ」

「まあ、シェラザードが？」

ネスリハンは、おおげさなみぶりで両手(りょうて)をイチョウの葉(は)っぱみたいに広げました。

「だいじょうぶですわよシャリフさま。猫(ねこ)なんてしょっちゅういなくなりますもの」

ネスリハンが言うと、ペッピーノがあとを続(つづ)けました。

「そういうことですわシャリフさま。猫だって人間だって、ときどきいなくなるんです」

モモコを見ながらそう言って、ペッピーノは、すましてドレスのすそを持(も)ちあげました。

ネスリハンが、ペッピーノにたずねました。

「マリオは、どこ？　間に合うんでしょうね」

「そのはずです」

ペッピーノはモモコと手分けして、人であふれた会場を歩きまわりました。

「あ、いた！」

マリオは、マミケーレさんが、ロゴショップで買ってくれた「アルペジオ号」のマークがついた赤いTシャツに、手すりみがきのおばさんが借りてきてくれた、ぶかぶかの茶色の上着を着て、テーブルに準備されたキャビアのカナッペと、チョコレートをつまみぐいしていました。

おじいちゃん、マミケーレさん、サンブーカ警部補は、窓際の鉄製のおしゃれなすかし模様の丸テーブルを中に、三人そろってマティーニというカクテルを飲みながら、あいかわらず宝石事件の真相について、ああだ、こうだと言い争っていました。

「まったくもっておかしな事件ですな」

「シャリフさんが失ったという小さな宝石類は、あいかわらず行方がわからないし、マリオをいくら調べても、背後に窃盗団がいる気配もありません」

「おまけにシャリフさんから『砂漠の星』についての情報も、まったく提供されなくなった」

「すべてがキツネにつままれたような事件ですな」

そうしている間にも時は刻々と進み、船長さんと希望者との写真撮影が終わると、いよいよ待望のカクテルパーティーがはじまりました。

船専属のシリオスバンドが、おそろしく昔の「ビギン・ザ・ビギン」という曲をのんびりと演奏しはじめました。

歌手は、べたぬりの白い顔にくまどりした大きな瞳と、顔を半分かくした黒髪が印象的な、トルコの歌姫、チャナッカレ嬢です。

ボーイさんがささげる銀のお盆に、ネイルサロンでみがいたばかりの爪をもつご婦人たちの手がひょい、ひょいとのびて、色とりどりのカクテルがまたたく間になくなっていきます。

強い西風に、船はときおり大きくゆれましたが、体が右に左によろめいたとしても、それが船のゆれだと意識する人などひとりもありません。

興奮と熱気のために、平衡感覚は、はなやかなイブニングドレスのすそのあたりに吸収されてしまっているのでした。

曲は2曲目にうつっていました。「渚のアデリーヌ……」

紳士淑女は、気どりまくっておどりはじめました。

そんなときでした。

緊張に顔を赤らめたネスリハンが、会場のど真ん中に進み出ていったのです。

21　砂漠の星

右手を大きくあげてバンドの演奏をやめさせると、ネスリハンは壇上にとびあがり、照明係のライトが、その姿を照らしました。

「みなさん！　ご注目ください。今からすばらしいことが起こります」

マリオが大声で叫んで、シリオスバンドの指揮者がふっていたタクトをうばいました。

「ごらんください！」

マリオは、ネスリハンの、ふわふわとはずむカーリーヘアを、そのタクトでぱっとふりはらいました。

にっこり笑ったネスリハンは、モデルのように頭を左右にふり、カーリーヘアをばさりと耳の後ろに追いやりました。

まばゆいライトに照らしだされた琥珀色のピアスが、ネスリハンの耳で妖しい光をはなちました。

「ああ、なんてすばらしい！」

ぼうぜんと立ちつくす人々をしりめに、ネスリハンは、チャナッカレ嬢からマイクを受け取って一礼しました。

「みなさま、このめでたいガラの日に、お伝えしたいことがございます。それは、今、わたしがつけておりますこのピアスについての物語です。このピアスこそ、イラク戦争のあと、何者かによって略奪されて行方がわからなくなっていたメソポタミアの至宝『砂漠の星』なのです」

「ほお！」

ため息が会場を支配する中、アブ・シャリフさ

んは、おどろきをかくせず、われを忘れて立ちつくすばかりです。

「では、シャリフさまをこちらへお連れしてください」

ペッピーノとモモコは、二人であらんかぎりの力を使って、いやがるシャリフさんの背中をおして壇上に引っ張りあげました。

「な、何をする！」

シャリフさんが叫び声をあげると、

「こういうことですわ」

ふりむきざまにネスリハンは、おおげさなしぐさで耳のピアスをゆっくりとはずして、マリオに渡しました。

マリオはそれをペッピーノの手のひらにのせました。

ペッピーノは、服のすそをもって気取ってあいさつすると、壇の上をぐるりとひとまわりして、会場の人たちに、ピアスを見せてまわりました。

マリオは、相談していたとおりにマイクを片手に持って、ペッピーノの後ろから説明してまわりました。

「みなさん。ペッピーノがお見せするこの宝石をごらんください。これこそが『砂漠の星』です。シャリフさんは、この宝石を猫ピアスに仕立てて、飼い猫のシェラザードの耳につけておられたのです」

「ふうー」

「ほおー」

「そんなことがあったの？」

ざわめきが起こりましたが、会場はすぐに静かになり、聞こえてくるのはため息だけとなりました。

そのときです。ネスリハンは、口をぽかんと開けている、シャリフさんの右手首を左手でぐっとつかまえました。

そして、マイクを口にしっかりとつけて、どこから出るかと思われるようなハスキーな大声で言ったのです。

「アラブの富豪、アブ・シャリフさまは『砂漠の星』を、大変な苦労をされて手に入れられました。『砂漠の星』のありかを追いもとめること六年間。ついにシャリフさまは、サン・ジュリオ島まででかけ、やっとのことでこの宝石を手に入れました。そして、本日、大勢の方々の前で、この、かけがえのない人類の文化遺産を、正当な持ち主である、中東のイラク博物館に返還したいむねを発表することになさったのです。ね、そうですよね。シャリフさま」

最初のうちこそ、めんくらってどぎまぎしていたシャリフさんでしたが、ことの次第がわかってくると、すぐにいつもの調子をとりもどして、マイクをひったくって床に投げつけました。

「どんでもない。君はいったい何を言いたいんだ、何がなんだかさっぱりわからん。どんな計略があるのか知らんが、はっきりとした説明が聞きたいものだ。わたしをばかにするとどういうことが起こるか、君に思い知らせる必要がありそうだな。あ、痛い！　何をする？」

怒りに顔をねじまげたシャリフさんが、とつぜん右足をかかえてとびあがりました。ナズレが思いきりかみついたのです。

ネスリハンは、にこりと笑ってナズレにかみつくのをやめるように言うと、念を押すように、また、くりかえしました。

「シャリフさま。あなたはこの宝石を、イラクの博物館に返還なさるために、わざわざサン・ジュリオ島まででかけて手に入れられたのですね。そうですよね。そのようにお聞きしております」

シャリフさんはとびあがりました。

「いや、とんでもない！　そのようなことは断じてない！　これは、正当な方法によって得た自分専用の宝石コレクションで……痛い！　痛いではないか！」

ナズレが、こんどはいやというほど左足にかみついたのです。

「ドラネコめ！　思い知らせてやるぞ」

シャリフさんは、ナズレを床に放り投げ、怒りのために腕をわなわなとふるわせました。

「ぜったいに許さん！　その宝石はわたしのもの……」

ところがそのうちに、シャリフさんの身に不思議なことが起こりました。

高々とふりあげた腕の筋力がゆるみ、こぶしがだらりとさがりました。

ピンクのベールをかけたように、あたりの景色がぼやけていきます。

シャリフさんは、あわてふためいて、頭を何回もこづきました。

シャリフさんの脳のある部分が、自分の意思に反して、思ってもみなかった反応を示すようになったからです。

「こいつは変だ。どうもおかしいぞ」

　ふと気がつくと、シャリフさんは、自分自身に問いかけていました。

「おまえ、なんだ？　どうした？　こいつらに魔法でもかけられたのか？」

「いや、そんなことはない。これがほんとうのわたしなのだ。たった今、ほんとうの自分に目がさめたのだ。そうだ。目がさめたのだ」

　そう悟ったとたん、シャリフさんは、とてもしあわせな気持ちになりました。

　涼しい風が心の中を通りぬけ、体がふっと軽くなりました。

　それもそのはず、どろどろしていた血液がさらさらになって、体じゅうの血管をまわりはじめたからです。

「なんとおろかだったんだろう。財産を守ることだけに命をかけて、こんな苦労をしていたなんて」

　シャリフさんは、自分自身に問いかけました。

「シャリフよ、よく考えろ。ネスリハンの言うとおり『砂漠の星』を追い求めていたのは、自分のコレクションにするためではなかったのかもしれない。正当な持ち主であるイラクの博物館に返すための行動だったのかも。そうだ。きっとそうなのだ。たった今までそれがわからなかっただけなのだ。ありがたい。もうすこしで人生をだいなしにするところだった」

真っ青だったシャリフさんの顔に笑みが浮かびました。

おだやかな表情に戻ったシャリフさんに、ネスリハンがやさしくマイクを渡しました。

シャリフさんは、メガネをとって、またかけて、汗をふいて、またかけなおして、堂々とした態度で、会場の人々に話しかけました。

「そうです。何もかも、ネスリハン嬢のおっしゃるとおりです。わたしは、個人の欲望のために『砂漠の星』を手に入れたのではありません。あの、その、この、メソポタミアの……すばらしい人類の財産を、イラク博物館に返還することを夢みて、何年もかけて行方を探し、巨額の財産を投じて、あの、その、実は、つまり……こういう話です」

シャリフさんは、何度も言葉をとちって、赤くなったり青くなったりしました。

でも、2分とたたないうちに、自らうっとりするような、すばらしい演説調の言葉で、今までに集めたさまざまな宝石コレクションのひとつひとつについて、ていねいに説明していました。

韻をふくんだ美しいアラビア語で話すシャリフさんの言葉を、ネスリハンが、そのつど、イタリア語と英語に翻訳しました。

熱にうかされたように、シャリフさんは、何分間もしゃべり続け、会場の人たちはせきひとつしないで聞き入りました。

シャリフさんは「砂漠の星」についてだけでなく、思いつくままにたくさんの抱負を語りました。

そしてひとつの熱い思いを発表するたびに、今までの自分が遠くに飛び去って、生まれたての新しい自分が、さなぎからぬけだした蝶のようにひらひらと青空に向かって羽ばたいていくような気持ちになったのです。

「みなさん、聞いてください。わたしの最後の夢をお伝えしましょう」

シャリフさんは、少し前まで考えてもみなかったすばらしい言葉で、最後をしめくくりました。

「この旅を終えるとすぐに、わたしはイラクに向かうでしょう。そして、イラク博物館に『砂漠の星』をお返ししたあと、こんどは、ネスリハンをそそって、アフリカ行きの船に乗りたいと考えています。そこでわたしが何をするかですって？　それはネスリハンから話してもらいましょう」

ネスリハンが、その先を続けました。

「アフリカだけではありません。シャリフさまのつきることのない富が、世界中の貧しい子どもたちのために使われるのです。なんてすてきなことではありませんか！」

みんなが手をたたきました。ナズレもです。

ナズレは、後足で立ち上がり、ひっくりかえらないようにバランスをとりながら、人間そっくりのしぐさで手をたたいたのです。

22 種あかし

次の日の朝、子どもたちは、シャリフさんの特別室の猫間サロンで、じゅうたんに座りこんで笑いころげていました。

「うまくいったね」

「うん。シャリフさんて、やっぱいい人だったんだね」

ナズレとシェラザードは、赤いビロードのソファの上から、そんな三人を見おろしていました。ほかの猫たちもそこらをうろちょろしていました。

次の間から現れたシャリフさんは、シェラザードのアクセサリー箱を持ってきて、中を調べました。

「思ったとおりだ。何もかもシェラザードのしわざだよ」

シェラザードはシャリフさんに、ぷい、とおしりを向けて、太いしっぽだけをぷりぷりふっています。

ナズレは「にゃーん」と鳴いて、ソファからペッピーノのひざにとびうつりました。

シャリフさんは、シェラザードのアクセサリー箱から、重そうな指輪をつぎつぎに取り出して、デスクの引き出しに戻しました。モモコがそれを手伝いました。

ドアがノックされて、おじいちゃんとネスリハンが姿を現しました。

「朝ごはんを食べにこないと思ったら、やはりここにいたね」

おじいちゃんは、子どもと猫にほほえみかけると、シャリフさんに近づき、握手しました。

「シャリフさん、昨夜の演説はすばらしかったです。感動しました」

シャリフさんは「まいった！」というように肩をすくめました。

「実は、いまだに自分の行動が信じられんのです。どうやらネスリハンに、一本はめられたようですな。大衆の前でとつぜん、あんな気持ちにさせられるなんて」

おじいちゃんは、シャリフさんの肩をたたいて

「しかし猫の耳に『砂漠の星』をはめるとはおどろきました。考えてみれば実にいいかくし場所です。だれも、シェラザードからピアスをとりあげられるものはいないでしょう。シェラザード自身の心がわり以外には」

「まったくもって……シェラザードの心がわり以外にはね」

シャリフさんはくりかえしました。

シェラザードは、シャリフさんにおしりを向けたまま、太いしっぽだけをぷりんぷりんと動かしています。

ネスリハンは、メガネを指でもちあげると、昨夜のいきさつを、シャリフさんに説明しました。

「わたしがエフェソスツアーから戻って、部屋でひとやすみしていると、ナズレとシェラザードがやってきました。シェラザードにいつものような威厳はありませんでした。ナズレのあとからよろよろしながら、憔悴しきったようすで部屋に入ってきたのです。そばに来るとおどろきました。耳がはれあがり、真っ白な毛に血がにじんでいます。調べると、シェラザードの耳に、大きなピアスがはめられていたのです。わたしは、急いでピアスをはずして、傷口を消毒してあげました。そのピアスが『砂漠の星』だということは、パブロさんに相談したことで判明したのです。そこで、わたしは子どもたちといっしょに計画を練りました。ひとりでは、とてもできない大仕事でしたから。あとのことはみなさんがご存じのとおりです。そう、ナズレのかみつき技や、ひっかき戦術も大変功をそうしました」

「にゃーごっす！」ナズレが満足そうに鳴きました。

おじいちゃんが質問しました。

「シャリフさん、ひとつわからないことがあります。なぜ、大金をかけて金庫をつくらせたのに、それを使わなかったんですか？」

「ああ、いまいましい化け物金庫め！　あれはただの鉄のかたまりだったのです」

「と言いますと？」

「開かずの金庫だったのです。サン・ジュリオ島で『砂漠の星』を受け取って乗船してからすぐに、宝石を金庫に保管しようと思いました。

でも、いくら説明書きを読んでも、あまりに暗号がむずかしすぎて、だれにもひらくことができませんでした。

マミケーレはもちろん、世界中のあちこちの金庫開けの名人に、電話やメールで相談しました。その結果、ある人の紹介で、バーリから金庫開けの名人で、なおかつ金細工師でもあるトスカーニという男が乗船することになったのです。

ご存じのようにバーリには、世界に名だたる細工師がたくさんいますからね。しかしトスカーニにも、金庫を開けることはできませんでした。そこで第二の手段として、『砂漠の星』を『猫ピアス』に細工してもらって、シェラザードの耳にはめたのです。そのことでシェラザードが苦しむなどとは思いもよらずにです」

マリオが言いました。

「ナズレは、シェラザードが困ってること、まずぼくに相談したんだよ。ナズレはぼくの猫だから。ね、ナズレ！　そうだよね」

ナズレは、金色の瞳を、ぶわーっとひらいて、そのあと、大きなあくびをしました。

ペッピーノが言いました。

「マリオは、あたしとモモプに相談したの」

「そして、みんなで知恵を集めて、シャリフさまのお心をちょうだいすることになったんです。シャリフさま、ほんとうにありがとう。シャリフさまは、やっぱりやさしい方だったのね」

ネスリハンの声にこたえるように

「にゃご、にゃご、にゃーごーっす！」

シェラザードが、真っ白な太い尾をうれしそうにふりながら、シャリフさんの足元にゆっくりと歩いていきました。

23　イスタンブール

ネスリハンがうとうとしていると、けたたましく電話が鳴りました。

ねぼけまなこで受話器をとると、ツアーデスクのお京さんの声が耳に飛び込んできました。

「あの、その、こちらツアーデスクのお京ですけど、トルコツアーのお客さまが、添乗員がいないって、騒いでいらっしゃいます。荷物係もおろおろしてますし、ネスリハンさん、急いでください。おねぼうしている場合じゃありませんわ」

「しまった！」

ネスリハンは身じたくをととのえ、急いで外にとびだしました。

時計を見ると6時をすぎていました。

トルコツアーの下船の時刻が近づいてきます。

ふたたびエーゲ海に戻った客船は、トルコ沿岸のたくさんの島々を通りぬけ、ダーダネルズ海峡を北上していました。

ダーダネルズ海峡は、長さ六〇キロメートル、幅はせまいところではたったの一キロメートルしかありません。そのため、船がかくれた岩などに衝突しないように、イスタンブールの港に着く前に水先案内人が乗り込んで、長年つちかった勘と技術で、慎重に船を導くのです。

「大変！　お客さまの荷物の手配とパスポートの返還。人数も確認しなくちゃならないし、大急ぎよ」

青くなったネスリハンは、船のゆれによろめきながら、イスタンブールで降りる乗客たちが集まりはじめている17デッキのシマウマの皮バーにすっとんでいきました。

特別室のバルコニーでは、おじいちゃんと、シャリフさんが、金の背もたれのついたデッキチェアに座り、水タバコをぶくぶくと吸っていました。

花とりんごの香りがまじりあったアラビアの水タバコの煙が、潮風にまじってただよいます。

朝の海は、ぼやーっともやい、快いエンジン音だけが、波に反射してひびいてきます。

おじいちゃんは、ぶーっと、煙をはきだすとシャリフさんにたずねました。

「シャリフさんは、イスタンブールで下船されるのですか？　わたしの家はアジア側にある高層マンションですが、景色がいいのがじまんです。もうすぐ海の向こうに見えてくるはずです」

「うらやましい。お子さんやお孫さんにかこまれて、パブロさんはおしあわせですねえ。もちろんイスタンブールでは下船しますよ。実は、ちょっとした計画を考えているのです」

「計画を？」

「そうです。孤児のマリオに、サプライズを、と考えているのです」

「サプライズ？　それはまた、びっくりですな。なんでしょう？　いえいえ、おたずねせずに楽しみにいたしましょう。では、そろそろデッキに行ってみますか！」

「まいりましょう」

白いアラビア服がよく似合うシャリフさんは、頭に白い布をかぶり、黒い輪っかで念入りに留めました。

屋上のデッキには、大勢の人々が手すりにもたれて、しだいに近づいてくるイスタンブールの光景に胸をおどらせていました。

「あっ、おじいちゃんだ！　シャリフさんもいっしょだよ」

マリオとペッピーノとモモコが、二人を見つけてかけよっていきました。

ペッピーノとモモコは、ボーボークマちゃんをかかえています。

マリオは、ナズレの入ったナズレバッグを肩からぶらさげています。

潮風を胸いっぱいに吸いこみました。

目の下にひろがる青い海は、トルコ第一の都、イスタンブールが誇る海、マルマラ海です。

マルマラ海の向こうには、ダーダネルズ海峡と同じように、長くて幅のせまいボスポラス海峡がひろがっています。マルマラ海を中にして、この二つの有名な海峡が、トルコをヨーロッパ側とアジア側に分けているのです。

ペッピーノやおじいちゃんたちが住んでいるところはアジア側です。

ネスリハンが暮らすオルタキョイの浜辺はヨーロッパ側です。

トルコを二つに分けているこれらの海峡は、歴史の上から見ても重要な、アジアとヨーロッパの接点です。

昔、アレクサンダー大王やローマの軍勢や、十字軍の兵士たちや、オスマントルコの軍隊なども、この海峡を越えて、西から東へ、東から西へと行ったのです。

　ここちよい潮風に吹かれながら、おじいちゃんは、子どもたちに海からのぞむイスタンブールの説明をしてくれました。

「そーら！　緑の丘に見えかくれするあの建物が、有名なトプカプ宮殿だよ。オスマン朝の支配者スルタンが、四百年にもわたって政治をつかさどった、王さまのお城なんだ」

「そういえば、有名な急行列車の駅もあるんだよね」

「あるとも。宮殿の向こうに、ロンドン発のオリエント急行の終着駅が見えるはず。知ってるかな？　アガサ・クリスティという推理作家が『オリエント急行殺人事件』を書いたので、知られるようになったヨーロッパへの玄関口だ。マリオが無賃乗車しなければいいけどね」

「ほんとだね。あれ？　おしゃれな橋が見える」

「あれは金角湾にかかるガラタ橋。今では2階建ての立派な跳ね橋だが、以前の橋は木でできていて、火事で焼けてしまったこともあるのだよ」

「ふーん、おじいちゃん、よく知ってるねえ」

「あたりまえだよ。自分が生まれ育った故郷だもの」

船が港に近づくと、アヤソフィアとブルーモスクがはっきりと見えてきました。

アヤソフィアは、今は博物館になっていますが、昔はギリシャ正教の教会としてさかえ、後にイスラム教の寺院になった建物です。

ブルーモスクは、美しいドームと六本の尖塔で知られた、イスラム教の寺院です。

「イスティクラール通りはどこ？　マリオに教えてあげたいの」

名物のドンドルマを思い出したペッピーノが聞きました。

おじいちゃんがすぐに教えてくれました。

「あの山のずっと向こうだよ」

ペッピーノはふと、マリオを見ました。

マリオは、だまりこくって景色を見ていました。

マリオの目に涙が浮かんでいました。

「気持ちわかるよ」

ペッピーノはマリオの肩にそっと手をかけました。

「イスタンブールに着いたら、もうみんなで遊べないんだね」

モモコがぽつんとつぶやきました。

マリオは、うつむいたままで言いました。

「ペッピーノ、ごめんね」

「なんで?」

「ぼくって、ときどき意地悪になっちゃうんだ」

「いいのよマリオ、そんなこと言わないで」

ペッピーノは下を向いて涙をこらえました。

24 上陸

「さあ、上陸だ。そろそろ乗船口に行く時間だよ」

みんなでどやどやとデッキを歩き、エレベーターに乗って、乗船口へと下りました。

シャリフさんの白いベールが海風にぱたぱたはためき、はだしの大足にはいたゴムサンダルがペタンペタンと甲板を鳴らします。

そのとき、デッキの入り口のドアが、重々しくひらいて、マミケーレさんの顔がのぞきました。

「おーい、マリオ！　そこにいるか？」

「ちゃんといるよ、逃げたりしないからだいじょうぶだよ」

「は、は、は……」

マミケーレさんは、体をゆすって大笑いしました。

「すごいニュースだぞ、マリオに上陸許可が出たんだ」

「えっ？」

マミケーレさんは、右手に持っていた2、3枚の書類を頭の上でひらひらさせました。

「見ろ！　これがマリオ君の『イスタンブール7時間の滞在許可』の証明書だ。それから、こちらが本船発行の『クルーズカード』だ。船に再乗船するときに必要だから絶対なくさないように」

マリオは、マミケーレさんにとびつきました。

「やったあ！　でも、なぜ許可されたの？　ペッピーノのお父さんが大使館に頼んでくれたの？」

「違う。みんなナズレのおかげだよ」

「ナズレ？　なんでナズレなの？」

「だって、マリオにシェラザードの耳ピアスの話をしたのは、ナズレなんだろ？」

「そ、そうだけど……」

「マリオとナズレが密航しなかったら『砂漠の星』は、永遠に秘密のままでシャリフさんの私有財産として世に埋もれていただろう。マリオは『砂漠の星』発見の功績者にされたのだ。事情を知ったイラクの大統領は、トルコの大使館にマリオの上陸許可を依頼した。トルコの国はマリオの上陸を大いに歓迎しているよ。『砂漠の星』発見のニュースは、もう世界中をまわっているからね」

「ということは……」

シャリフさんが、心配そうにマミケーレさんにたずねました。

「わたしがとった行動も世界中に知られてしまったということかな？　もしそうだとすると、またまたわたしは恥をかくことになる」

　顔をくもらせるシャリフさんを、マミケーレさんは見上げました。

「そこです、そこです。あなたにもお伝えすることがありました。『砂漠の星』はトルコにあるイラク大使館を通じて、アブ・シャリフさまからの寄贈品として、イラク博物館に返還されることになりました。イスタンブール港に着いたら、パトカー先導でサンブーカ警部補がイラク大使館までご同行することになっております」

「ほう、そこまで手立てがきまっているとはおどろきだ。さすがマミケーレ君のやることだね。それではひとつ、わたしからも提案が……」

　シャリフさんはマリオを手まねきして、アラビア服のポケットから、がさがさ何かを取り出しました。

「マリオ。わたしも君に何かお礼をしようと考えていたんだよ。どうやら今がその時期のようだね。さあ、マリオ、目をつぶりなさい」

「え、おじさん、何かくれるの？」

　マリオは、手のひらを上向きにして目をつぶりました。

手の中に、ころころした重いものがいくつも載りました。

「あれ、なんだろう？」

ぱっと目を開けると、シャリフさんの金の指輪が5個ありました。

中の二つにはダイヤモンドがうめこまれています。

「マリオ。おじさんの指には重すぎるこの指輪、受け取ってくれるだろうね」

シャリフさんは、がっしりとした大きな手で、マリオの手を包みました。

「アルベロベッロに戻ったら、これで、おばあちゃんのために新しいトゥルッリを建てなさい。おみやげ通りにお店をひらければ、ワインとチーズがよく売れるよ。それからもうひとつ、どうしても言っておきたいことがあるんだよ。それは、今までだれにも話したことがないおじさんの生い立ちだ。聞いておくれ」

シャリフさんは、くもったメガネをはずして鼻をふき、遠くを見ながら話しました。

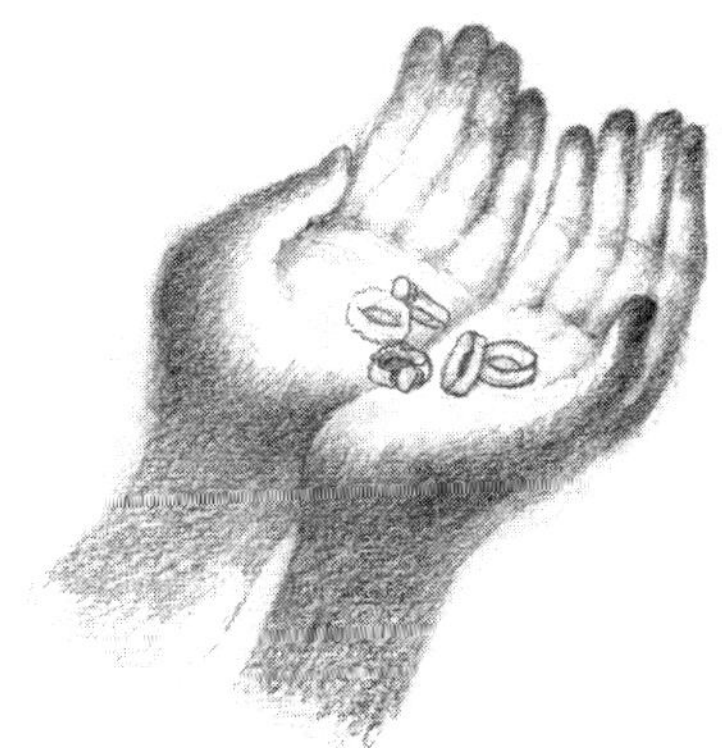

「だれも知らない話だが、わたしもマリオと同じ孤児だったんだよ。両親が早く死んで、だれも面倒を見てくれる人がいなかったんだ。5歳のときからコーヒー屋さんで使い走りをして暮らしたよ。家族がいなくてさびしかったけど、みんなが励ましてくれたんだ。水道工事屋の小僧になって、23歳まで働いたよ。それで親方のお世話で結婚して、小さな土地を買ったんだ」

「わかった！」

　モモコがシャリフさんのかわりに叫びました。

「そこのお庭から、セキユ、でた」

「ピーンポーン！　正解だ。水道工事屋の鼻たれ小僧が、今じゃ世界に名だたる石油王になったのだ」

　シャリフさんは、うはうは、お腹をゆすって笑いました。

「おじさん、ありがとう！」

　マリオがシャリフさんにとびつきました。

　ペッピーノがシャリフさんの手にぶらさがりました。

「おじさん、御用がすんだらトプカプ宮殿に行きましょうよ。スルタンが集めた、世界でいちばん大きいエメラルドがはめこまれた短剣や、86カラットもあるスプーンダイヤがあるのよ」

「ありがとうよ、ペッピーノ。だが宝石はもう、こりごりだ」

シャリフさんは、トウガラシをのみこんだように真っ赤になりました。

「あれ？　ナズレは？」

ナズレバッグをのぞいたマリオが言いました。

「ほんと、いないね」

「また脱走したんだ」

みんなできょろきょろとあたりを見回しました。

25　しあわせの海辺

そのころナズレは、オルタキョイの海辺へと向かっていました。

「オタカナ、オタカナ、オタカナのにおい！」

そう、ナズレは何もかも忘れて、魚のにおいをたよりに、砂浜をひたすら走っていたのです。

百メートル走ると、モモコやペッピーノのことを忘れました。

五六〇メートル走ると、マリオのことも忘れました。

一五六八メートル走ると、船であった出来事も、美しいペルシャ猫のシェラザードのことも、ふるさとの母さん猫のことも、ピノやルチアのことも、ぜんぶ忘れてしまいました。

「オタカナ、オタカナ」

ナズレはふつうの猫に戻ったのです。

目の前に広がっているのは、見たこともない楽しい世界です。

「オタカナ、オタカナ、オタカナのにおい」

ナズレは、跳ねとぶようにして走りました。

走って走って、ボスポラス海峡を見渡すオルタキョイの海辺まで、やっとのことでたどりつきました。

夕方でした。海峡にうすい霧がかかって、遠く水平線に墨絵のような島々が浮かんで見えます。

波打ち際でひとやすみしながら、ナズレは波に見とれました。

うねうねとおしよせては、岸壁にあたって砕け、白い泡となって消えていく波。

海につきだした岸壁に、ひときわ目をひく「オルタキョイ・ジャーミー」というイスラム教の古い寺院がありました。

お魚の強いにおいはどうやらそのあたりからただよってくるようです。

にぎやかな広場をすぎると、桟橋があり、岸壁はどこもかしこも、海に釣り糸をたれるおじさんたちで

いっぱいでした。

おじさんたちは、朝から晩までのんびりと、釣り糸をたれては、ぴちぴちと跳ねる小さな魚を釣っているのです。

「ほら、また釣れたぞ」

釣った魚は、海水を満たした五リットル入りの特大のヨーグルトの入れ物に入れておきます。ですからこの土地では、ヨーグルトをたくさん食べないと、お魚を釣れないというわけです。

ナズレは、魚釣りのおじさんたちの足の間を走り回って、にゃごにゃご、うるさく鳴きたてました。

「おや、おまえは新入りだな。ほれ、魚をやるぞ」

二人のおじさんが、ぽい、ぽい！っとたてつづけに、二匹のイワシを放り投げました。

ナズレは、ジャンプして一匹を口でがぶりとくわえると、石だたみに落ちたもう一匹を、右前足でがっちりと押さえつけました。

「なんたるすご猫じゃ！」

おじさんたちは、顔を見合わせておどろきました。

26　ナズレとハズレ

そうして月日がたちました。
ナズレは、オルタキョイの浜辺の街で仲間といっしょに暮らすようになりました。
あらゆる種類の猫たちが、ここにはいます。
明るいオレンジ色の短毛のエジプト風猫。
太いしっぽがふわふわのペルシャ風猫。
グレーと白のだんだら模様のイタリア出身のトラ猫。
チンチラみたいなロシア猫。
東洋の三毛猫や、ヨーロッパの魔女のお話に出てくるような黒猫もいます。
ナズレは波止場の石段に座って海を見るのが好きでした。
波しぶきをたてて、観光船や貨物船が通りぬけていきます。
小さな漁船や、フェリーや、タンカーや、白いヨットや小型のボートなども、ひっきりなしにボスポラスの海を右に行ったり左に行ったりしています。

　アジアとヨーロッパをつなぐ、第一の橋、第二の橋と呼ばれる橋をくぐって黒海へと向かう船……。

　エーゲ海から地中海へ出てはるばるアフリカの西海岸へと向かう船……。

　これらの船はジブラルタル海峡をぬけて、遠く、北アメリカや南アメリカへと航海を続けていくのです。

　オルタキョイの桟橋にも、いつもたくさんの小船が停泊しています。

　海辺のベンチには、人々が語らい、ハトがにぎやかに餌をついばんでいます。

　急降下してきたカモメが魚をつかまえて飛びさったと思うと、走りまわる猫たちを、小さな子どもが、キャーキャー騒いで追いかけていきます。

　ナズレは細い石段を下りて、船着場まで行きました。

　ちょうど、アジア側から小さな漁船が着いたところでした。

　船が岸に着いたとたん、茶トラの猫が一匹、ころがるように降りてきて、桟橋をかけぬけて、どこかに消えていきました。

「あ、かわいい猫だ。ぼく、好きになっちゃいそう！」

ナズレが、あわてて後を追っていくと、いきなりだれかがナズレを抱き上げました。

なんだかなつかしいその顔でした。

赤いふちの四角いメガネをかけた女の人は、カーリーヘアをばさりとゆすってナズレの耳元で、なんと猫語でささやきました。

「あの子が好きなら猫のおじさんのお店に行けば？」

「にゃっ！」

「絵描きのフェティおじさんよ。おじさんの店は、この先の広場を右に曲がった、露店が並ぶ坂道にあるの。すぐにわかるわ。自分で描いた絵といっしょに、猫も屋台で売ってるから」

「にゃーん？」

ナズレは、その人の手から、ぴょん、ととびおりて、言われたとおり広場を横にそれて、でこぼこの石だたみの坂道を上がっていきました。

手づくりのアクセサリーや、手編みのショールや、古びた銀のメダルや、食器を売るにぎやかな出店が軒をつらねています。

オルタキョイ名物の、クンピールという、大きなじゃがいもをくりぬいてチーズやトウガラシを入れたおやつや、ムール貝の揚げ物の香ばしいにおいも、ぷんぷんとにおってきます。

フェティおじさんの店はすぐにわかりました。

おじさんの屋台には、ひょうきんな猫の絵や、イスタンブールの景色の絵がはみだすようにして積みあげてありました。

「あれ?」とナズレはおどろきました。

手描きの猫の絵をいっぱい入れたケースの中で、さっき見た、かわいい茶トラがねむっていました。

ナズレを見ると、フェティおじさんは、顔をくしゃくしゃにして言いました。

「この猫、ハズレだよ。あんたのお嫁さんにぴったり!」

おしまい

あとがき

母が、オルタキョイに住む野良猫・ナズレと出会ったのは、金婚式の記念に父と出かけた東地中海クルーズから帰港後、イスタンブールに滞在していた時のことでした。

〝私、ナズレが豪華客船に乗って冒険に出るお話を書くわ！〟そう言っていましたが、親不幸な私がその作品を読んだのは、母が他界して3年が経とうとする頃、父から〝書き上がっているナズレの作品を出版したいと思う〟と相談されてからのことでした。

読み始めたら、豪華客船内で繰り広げられる猫と子供たちの冒険が、最後には石油王の、人類の文化の継承と貧しい子供たちの援助につながるという、息もつけないストーリーの展開にどんどん引き込まれていきました。

港の岸壁に座り、美しい毛並みのナズレの背中を撫でながらのんびり海を眺めていた時、母はもう、こんなストーリーに思いを馳せていたのでしょうか。

母が描（えが）いた楽しく不思議なクルーズの旅に、大人も子供も、一人でも多くの方が乗船してくださることを願ってやみません。

この本を出版するにあたり、画家の鈴木良治さんをご紹介くださり、挿絵の監修、カバーデザインを手掛けてくれた、旧友で版画家の岩切裕子さんに心から感謝申し上げます。

井上美江子

井上夕香（いのうえゆうか）

童話作家。毎日新聞児童小説新人賞、小川未明文学賞優秀賞。読書感想画中央コンクール、読書感想文コンクール等で受賞。『実験犬シロのねがい』『みーんなそろって学校へ行きたい！』『わたし、獣医になります！』『しあわせな動物園』『ムナのふしぎ時間』『六時の鐘が鳴ったとき　少女たちの戦争体験』他著作多数。

鈴木良治（すずきりょうじ）

画家。子供の目線で表情豊かに楽しい冒険を描く。
水彩・油彩・版画を得意とする。
日本版画協会および二紀会会員。

ふしぎ猫（ねこ）ナズレの冒険（ぼうけん）クルーズ

発行日	2018年7月11日　初版第一刷発行
著　者	井上夕香
装挿画	鈴木良治
カバーデザイン	岩切裕子
発行者	佐相美佐枝
発行所	株式会社てらいんく 〒215-0007　神奈川県川崎市麻生区向原3-14-7 TEL　044-953-1828　　FAX　044-959-1803 振替　00250-0-85472
印刷所	モリモト印刷

ISBN978-4-86261-135-2　C8093